WIEN 1908

Ein Zeitreiseführer ins Wien
der Jahrhundertwende

Wolfgang Franz

WIEN 1908

Metroverlag

Der Verlag dankt allen Rechtsinhabern für die freundliche Reproduktionsgenehmigung jener Werke, die nach dem Urheberrecht noch geschützt sind. Da in einigen Fällen die Inhaber der Rechte nicht zu ermitteln waren, werden rechtmäßige Ansprüche nach Geltendmachung vom Verlag abgegolten.

Album Verlag, S. 66; Angerer & Göschl, S. 51, 127; Archiv Dee, S. 116; Archiv Wolfgang Franz, S. 18, 69, 146, 153; Archiv Metro – Verein für Stadtforschung, S. 27, 39, 58, 85, 95, 110, 112; Archiv ÖFB, S. 51; Archiv D. Vasko-Juhász, S. 23; Archiv Werner J. Schweiger, S. 143; Archiv K. Weinstabl, S. 24; Bezirksmuseum Meidling, S. 120; Café Prückl, S. 132; Danzinger, Michael, S. 8; Huber, Anton Paul, S. 100; Hubmann Franz, S. 117; Imagno/Brandstätter Images Coverfoto, S. 10, 107, 157; Lichtbildstelle der Berufsfeuerwehr Wien, S. 43, 44, 45; Mayer, Emil, S. 88, 123; Österreichische Nationalbibliothek, S. 20, 33, 62, 160; Privatbesitz, S. 96; Sammlung Kieninger, S. 82; Sammlung Novotny/Photo A. Reden, S. 119; Scharmann, Wilhelm, S. 97; Tabakmuseum der Austria-Tabakwerke AG, Wien, S. 135; Verlag Schöler, Wien-Döbling, S. 55; Wienbibliothek, S. 138; Wien Museum, S. 78

Der Autor bedankt sich bei allen, die zur Herstellung dieses Buches beigetragen haben. Von den verwendeten Quellen sind vor allem zwei zu nennen, die ermöglichen, mit der lebendigen Geschichte Wiens weltweit und zu jeder Zeit in Verbindung zu stehen: ANNO (http://anno.onb.ac.at), wo zahlreiche historische Zeitungen und Zeitschriften online verfügbar sind. Der Bestand wird stätig erweitert. Und schließlich das Austria-Forum (http://austria-forum.org) der TU Graz, wo sich unter anderem das AEIOU-Lexikon mit derzeit 14.000 Einträgen findet (http://aeiou.iicm.tugraz.at/).

www.metroverlag.at
info@metroverlag.at

gesamtherstellung: cpi moravia books gmbh
printed in the EU
isbn 978-3-902517-69-2

INHALT

Liebe Wienerin, lieber Wiener, verehrter Zugereister,

stellen Sie sich vor, Sie stehen mit geschlossenen Augen auf einem belebten Platz. Es ist schwül, es stinkt nach Schweiß, penetrantem Parfüm und Pferdemist. Es ist laut, Hufgeklapper dringt an Ihr Ohr, im Hintergrund knattert wild hupend ein Automobil vorbei. Neben Ihnen eine näselnde Stimme: „Ja ja, der Swoboda. Etwas verdeppert mit der Zeit. Aber ein feiner Mensch!"

Sie ahnen es, Sie sind in Wien. Öffnen Sie die Augen. Sie stehen in einem Menschenmeer am Stephansplatz. Die Frauen in langen, hellen Kleidern, gewaltige Hüte auf den Köpfen und zierliche Sonnenschirme in den Händen. Die Männer mit kunstvollen Bärten und Zylindern. Irgendwie wirkt die Stadt vertraut und ist doch ganz anders. Kein Wunder: Heute ist der 1. Juni 1908 kurz vor 7.

Stellen Sie sich vor, Sie haben vier Wochen Zeit, um sich in der Kaiserzeit umzusehen. Es ist die Stadt Siegmund Freuds, Gustav Klimts und Karl Luegers. Die zu besuchen, lohnt sich allemal. Es ist aber auch die Heimat des Herrn Kommerzialrat Adolf Swoboda und seiner Gattin Adele, die vom eigenen Auto träumen und der Mizzi-Tante den Schmuck entwenden. Und irgendwo in den städtischen Abwasserkanälen haust der arbeitslose Ferl, dem die Polizei seit Wochen auf den Fersen ist. All die hellen, dunklen und tiefschwarzen Seiten Wiens des Jahres 1908 werden Sie in diesem Buch kennen lernen.

Wien im Juni 1908 präsentiert sich als Stadt, in der kein Krieg wütet und keine großen politischen Entscheidungen getroffen werden. So haben Sie den Blick

frei für die kleinen Dinge des Lebens, die spannender, unterhaltsamer und vor allem menschlicher sind als so genannten Meilensteine der Geschichte.

Damit Sie sich in der für Sie ungewohnten Zeit leichter orientieren können, ist jeder Tag jeweils einem Thema gewidmet – von ein paar Ruhetagen abgesehen, denn die Reise ist anstrengend. Der thematische Reigen reicht von Lust und Liebe über Tafelspitz und Abzugbier bis zu Krankheit und Tod. Die ganze Palette menschlichen Daseins eben. Die Information, die Sie hier bekommen, ist detailliert, damit während Ihres Aufenthalts ja nichts schief geht. Sie lernen, welche Straßenbahnlinie Sie am besten vom ersten Bezirk nach Ottakring nehmen, um bei einer gewaltigen Fabriksexplosion live dabei zu sein. Sie erfahren, welche Sport-Events Sie auf keinen Fall versäumen sollten, um beim Wirten mitreden zu können.

Übrigens: Die in diesem Buch angegebenen Preise sind in der Regel sowohl in der damaligen Kronen- als auch in der heutigen Euro-Währung ausgeschrieben. Eine Krone entspricht hier 3 Euro. Verstehen Sie das bloß als Annäherung und nicht als festgeschriebenes Gesetz. Denn die Warenkörbe zweier so unterschiedlicher Epochen sind nur bedingt vergleichbar.

Es ist nun 7 Uhr 5. Höchste Zeit, Ihre Reise durch das Wien des Jahres 1908 zu beginnen. In knapp einer Stunde findet die große Frühjahrsparade auf der Schmelz statt. Ich wünsche Ihnen einen angenehmen Aufenthalt – und: Küß' die Hand!

Wolfgang Franz
Wien, Mai 2008

ANKUNFT & KUNSTSCHAU

„Menschen von Geschmack sind hier einem Nervenschock ausgesetzt“

Am 1. Juni finden drei Events der Superlative statt: die Frühjahrsparade auf der Schmelz, die Eröffnung der Kunstschau 1908 und der Blumenkorso im Prater. Ohne Zweifel, Wien zeigt sich heute von seiner besten Seite.

1. JUNI: WETTER

HEISS UND WOLKENLOS

TAGES-CHRONIK

DER GEBRECHLICHE KAISER HOCH ZU ROSS: FRÜHJAHRSPARADE AUF DEM SCHMELZER EXERZIERFELD * 3.000 GÄSTE: GUSTAV KLIMT ERÖFFNET DIE KUNSTSCHAU 1908 * FARBENMEER: BLUMENKORSO IM PRATER * REICHSRAT (PARLAMENT): HEFTIGE DEBATTEN ÜBER DAS NÄCHSTE STAATSBUDGET * KLEINE FEIER BEI THRONFOLGER FRANZ FERDINAND: ÜBER 400 GENERALE UND ADMIRALE BESUCHEN IHN IM BELVEDERE

Um den ersten Tag in Wien einigermaßen unbeschadet zu überleben, brauchen Sie eine gehörige Portion Kondition. Auf dem Programm stehen gleich drei Highlights im Gesellschaftsleben der Haupt- und Residenzstadt Wien, die Sie auf keinen Fall versäumen sollten. Außerdem ist es verdammt heiß, um 7 Uhr früh hat es schon 20 Grad.

Überhaupt ist der Juni 1908 ein Monat der Wetterextreme – lange bevor das meteorologische Schreckensgespenst „Klimawandel" die Menschen das Fürchten lehren wird. Der Monatsanfang ist ungewöhnlich warm, dann folgt eine Phase grauenhafter Unwetter. Der Juni endet mit Rekordtemperaturen: 38 Grad im Schatten sind keine Seltenheit.

Bereits um 8 Uhr beginnt die farbenprächtige Frühjahrsparade des k.u.k. Heeres. Mit den öffentlichen Verkehrsmitteln der 2-Millionen-Stadt in der Früh auf die Schmelz im 15. Bezirk zu fahren ist wegen der überfüllten Waggons mühselig, daher ist es ratsam, einen Fiaker oder Einspänner zu nehmen. Wie viel Sie zu zahlen haben, erfahren Sie aus der behördlich genehmigten Streckentax-Tabelle, die in der Wagentasche im Inneren des Fahrzeuges steckt. Wenn nicht, dann wechseln Sie den Fiaker, sonst zahlen Sie als Tourist und Ortsunkundiger mindestens das Doppelte.

Mehr über die k.u.k. Armee Seite 101.

Mehr als 2.000 Pferdefuhrwerke und Automobile bewegen sich in Richtung Exerzierfeld, das sich zwischen Hütteldorferstraße und Gablenzgasse befindet. Dort, wo 100 Jahre später Schrebergärten an Sportanlagen und Wohnhäusern grenzen werden, stehen knapp 50 Einheiten und über 80 Geschütze in Reih und Glied. Kurz nach 9 Uhr erscheint unter tosendem Jubel Kaiser Franz Joseph I hoch zu Ross – und das trotz seines hohen Alters von 77 Jahren und seiner seit Monaten geschwächten Konstitution. Den Luxus, von seinem Domizil auf Schloss Schönbrunn auf die Schmelz zu reiten, lässt er sich nicht nehmen, denn heuer ist ein ganz besonders Jahr für den Monarchen: Er feiert sein 60-jähriges Regierungsjubiläum.

Um halb 11 ist der Aufmarsch zu Ende, die neun Musikkorps schmettern die Volkshymne und die Truppen schwenken in Kolonnen ab. Da die nächste Veranstaltung erst um 15 Uhr beginnt, haben Sie genügend Zeit, um die Straßenbahn zu nehmen. Steigen Sie auf der Hütteldorferstraße in die Linie 49 oder 50 und fahren Sie bis zur Endstation am Burgring. Von dort geht es mit einem der zahlreichen Ringwagen (z.B. A_R, B_R, B_K, D, G, L, P. J oder N) zum Schwarzenbergplatz.

Wiens privater und öffentlicher Verkehr Seite 155.

Die Kunstschau befindet sich auf dem leeren Grundstück neben dem Eislaufverein, dort, wo 1913 das Konzerthaus eröffnet werden wird. Die größte Ausstellung von Kunst, Kunsthandwerk und Lebensraumgestaltung, die Wien bis dato gesehen, ist auf einem leider völlig unübersichtlichen Areal von kleinen Pavillons, Höfen und Gärten untergebracht, das der 37-jährige Architekt Josef Hoffmann geplant hat. Die Holzgebäude wurden durch den renommierten k.u.k. Hof- und Stadtzimmermeister Johann Österreicher in rekordverdächtigen zwei Monaten errichtet. Zwar sind einige Säle noch völlig leer – die zukunftsweisende Kunst hinkt dem traditionellen Handwerk hinterher –, doch die rund 3.000 Gäste wollen nicht länger warten. Um 15 Uhr eröffnet Gustav Klimt, der Organisator und Präsident, die Kunstschau 1908.

Die einleitende Rede Klimts hört die versammelte kulturelle Prominenz der Stadt. Unter ihnen der Architekt und Oberbaurat Otto Wagner, der vor kurzem die Wiener mit der Kirche am Steinhof beglückte, sowie der Dirigent und Komponist Gustav Mahler, der gerade seine erste Saison an der Metropolitan Opera in New York beendet hat, um die Sommermonate in Österreich zu verbringen. Unter den Gästen sind auch auffällig geschminkte Mädchen in bizarren Kleidern. Lassen Sie sich nicht aus der Ruhe bringen, die wollen nur provozieren.

Besuchs-Tipp: Im Belvedere findet vom 1. Oktober 2008 bis 18. Jänner 2009 die Ausstellung „Klimt und die Kunstschau 1908" statt, wo der Plakatraum und jener der Wiener Werkstätte rekonstruiert werden sollen (www.belvedere.at).

Klimt führt persönlich durch die Ausstellung. Höhepunkt ist der Raum 22, wo Gustav seine neuesten Werke erstmals der heimischen Öffentlichkeit präsentiert. Es sind jene in Gold gehaltenen Werke, die als Ikonen des Jugenstils gelten: „Der Kuss" oder „Adele Bloch-Bauer I". Ersteres erwirbt die „Moderne Galerie" – der Vorläufer der Österreichischen Galerie Belvedere – noch während der Kunstschau und macht daraus einen Grundpfeiler der österreichischen Identität. Das zweite Bild wird dieselbe Jahrzehnte später zum Wanken bringen: Als ein von Nazis geraubtes Kunstwerk identifiziert wird „Adele Bloch-Bauer I" Wien im Jahre 2006 verlassen und in den Besitz der rechtmäßigen Erben übergehen.

Ein weiterer Höhepunkt ist der Saal der Wiener Werkstätte. Diese von Josef Hoffmann und Koloman Moser 1903 gegründete Gemeinschaft produziert ansprechende Gebrauchsgegenstände, wie etwa Schmuck, Möbel, Textilien und Keramik. Das beste daran: Sie können die alltagstauglichen Kunstwerke jederzeit käuflich erwerben. Die Zentrale befindet sich in der Neustiftgasse 32-34 im 7. Bezirk. Seit Herbst letzten Jahres gibt es auch ein Geschäftslokal am Graben Nr. 15 in Wien 1. Die gewinnorientierte Künstlervereinigung ist in der ersten Zeit ihres Bestehen so erfolgreich, dass sie Niederlassungen in Karlsbad, Zürich und sogar New York gründet. In den 1930er-Jahren ist allerdings Schluss und die Wiener Werkstätte in Konkurs.

Apropos: Wenn Sie mehr über das heimische Kunstgewerbe erfahren wollen, lohnt der Besuch des k.k. Österreichischen Museums für Kunst und Industrie, Stubenring 5 im 1. Bezirk. Geöffnet ist täglich von 9 bis 16 Uhr. Dienstag und Mittwoch kostet das Ticket 60 Heller (1 Euro 80), an den anderen Tagen ist der Eintritt frei.

Besuchs-Tipp: MAK – Österreichisches Museum für angewandte Kunst (www.mak.at), der Nachfolger des Museums für Kunst und Industrie.

In einem dunklen Raum der Kunstschau, genannt das „Folter- und Schreckenskabinett", stellt das 22-jährige Multitalent Oskar Kokoschka expressive Werke aus. „Menschen von Geschmack sind hier einem Nervenschock ausgesetzt", wird die angesehene Neue Freie Presse in der morgigen Ausgabe schreiben. Gustav Klimt ist von dem jungen Wilden so angetan, dass er dessen Theaterstück „Mörder, Hoffnung der Frauen" im eigens für die Ausstellung errichteten Gartentheater zur Uraufführung bringen lässt. Körper und Gesicht der Schauspieler sind bemalt, Trommeln und Pfeifen begleiten die wirre Handlung. Kokoschka erreicht sein Ziel: Sein „Massaker von Kunst und Leben", das blutende Darsteller hinterlässt, endet mit einem gewaltigen Skandal.

Lassen Sie nun Kunst Kunst sein, Sie müssen los, denn um 16 Uhr beginnt der Blumenkorso auf der Prater

Hauptallee im zweiten Bezirk. Hier ist die Welt noch in Ordnung: Lauter fesche Menschen in prachtvoll geschmückten Wagen. Wiens Bürgermeister Dr. Karl Lueger sitzt in einem Meer weißer Nelken, die Prinzessin Mathilde Taxis kommt mit Biedermeier-Bäumchen aus gelben Rosen, die mit schwarzgelben Band eingebunden sind – Schwarz und Gelb, die Farben der Habsburger. In dem sich endlos dahinziehenden Konvoi fahren außerdem die Gruppenwagen der 21 Gemeindebezirke mit den hübschesten Mädchen aus Meidling und Ottakring. Die abschließende Schönheitskonkurrenz um 18 Uhr gewinnt der Bezirkswagen aus Döbling mit einem Weinfass aus Margeriten.

Die heutigen Bezirke 22 (Donaustadt) und 23 (Liesing) entstanden erst 1938 im Zuge der Schaffung von „Groß-Wien".

Übrigens: Ins Leben gerufen wurde der jährlich stattfindende Blumenkorso von der Grand Dame der Wiener Salonkultur, der Pauline Fürstin Metternich-Sándor, geborene Pauline Clementine Maria Walpurgis grófnő Sándor de Slavnicza. Vor 50 Jahren heiratete sie Richard Clemens Joseph Lothar Hermann Fürst Metternich-Winneburg, der wiederum der älteste Sohn des österreichischen Staatskanzlers Clemens Wenzel Lothar Fürst Metternich ist. Pikantes Detail am Rande: Richard war nicht nur der Gatte sondern gleichzeitig auch der Onkel von Pauline. Aber das ist eine ganz andere Geschichte.

„Das Hotel Sacher, das bin ich!“

Pauschalreisen, farbenprächtige Wasser-Shows und Ganztages-Trips mit der Straßenbahn: Wien von 1908 lässt keine Möglichkeit aus, zahlungskräftige Fremde in die herrliche Stadt an der Donau zu locken.

2. JUNI: WETTER

WOLKENLOS UND WARM

TAGES-CHRONIK

REICHSRATSSITZUNG: MINISTERPRÄSIDENT FREIHERR VON BECK HÄLT AUSFÜHRLICHE REDE. ABGEORDNETER FRESL ANTWORTET MIT MEHRSTÜNDIGEM WORTSCHWALL IN TSCHECHISCHER SPRACHE * 16 VERLETZTE: ZUSAMMENSTOSS DER DAMPFTRAMWAY WIEN-MÖDLING MIT MATERIALZUG * „VENEDIG IN WIEN“: BEGINN DER WELTMEISTERSCHAFTS-RINGKÄMPFE FÜR SCHWER- UND LEICHTGEWICHTE IN DER OLYMPIA-ARENA

Der Hochstrahlbrunnen am Schwarzenbergplatz im dritten Gemeindebezirk. Um 21 Uhr 30 beginnt die farbenprächtige 40-Minuten-Wassershow. Sie können sie am besten vom Plateau vor dem Palais Schwarzenberg aus verfolgen. Das Vergnügen kostet 40 Heller (ca. 1 Euro 20), Kinder bis zu 10 Jahren haben in Begleitung Erwachsener freien Eintritt. Der Kartenverkauf findet beim Gittertor Heugasse statt.

Die Heugasse erhielt 1911 den heutigen Namen Prinz-Eugen-Straße.

Der Hochstrahlbrunnen wurde 1873 anlässlich der Inbetriebnahme der ersten Kaiser-Franz Josephs-Hochquellleitung eröffnet. Seit 1906 ist er beleuchtet: 27 unterirdisch aufgestellte Scheinwerfer erzeugen eine Lichtmenge von 270 Millionen Kerzenstärken. Ein Elektromotor schiebt abwechselnd rote, gelbe, grüne oder blaue Farbscheiben in die Lichtkegel. Der Effekt: atemberaubend.

Als Wien-Tourist wird ihnen also sicherlich nicht langweilig. Die Stadt hat alles, was eine echte Metropole ausmacht. Eine erste Orientierung über das vielfältige

Angebot bieten die ausführlichen Reiseführer – sei es der Guglia, Grieben oder Baedeker. Der Wiener Verein für Stadtinteressen und Fremdenverkehr (Wien 1, Bräunerstraße 2) hat speziell für das 60-jährige Regierungsjubiläum des Kaisers, das in diesem Jahr über die Bühne geht, den Jubiläumsführer durch Wien herausgegeben. Hier erfahren ausländische Besucher beispielsweise die wichtigsten Einfuhrbeschränkungen: Rauchwaren und geistige Getränke unterliegen der Zollamtshandlung, gebührenfrei sind bloß 10 Zigarren oder 25 Zigaretten – von der erlaubten Alkoholmenge ganz zu schweigen.

Passzwang besteht keiner. Nur Personen aus Russland müssen vor Antritt der Reise ihre Legitimation vom nächstgelegenen Konsulat beglaubigen lassen. Bei der Ankunft in Wien sollte man sich gleich mit der österreichischen Währung eindecken: Kronen und Heller bekommen Sie in den zahlreichen Wechselstuben der Stadt, etwa bei Schelhammer & Schattera, Stefansplatz 11 im ersten Bezirk.

Schelhammer & Schattera ist die älteste Privatbank Wiens, 1832 gegründet. Sie ist das Geldinstitut der römisch-katholischen Kirche in Österreich (www.schelhammer.at).

Danach geht es ins Hotel. Wien bietet die feinsten Häuser und das beste Service, und das zu relativ vernünftigen Preisen. Hotels ersten Ranges sind etwa das Meißl & Schadn, Neuer Markt 2, Zimmer von 6 Kronen (ca. 18 Euro) aufwärts, das Bristol (ab 5 Kronen) und Imperial (ab 6 Kronen). Beide liegen am Kärntnerring. Wenn Sie bei der Herbergssuche auf eine resolute Dame stoßen, die mit einer Zigarre in der Hand und dutzenden kleinen Kötern im Schlepptau durch die Lobby rauscht, dann machen Sie sich den Spaß und fragen Sie sie nach dem Herrn Direktor. „Der Herr im Haus bin i", wird sie unwirsch antworten und sogleich weiterrauschen. Es handelt sich hierbei um die Fleischhauertochter und Grande Dame

des Hotels Sacher, Anna Sacher. Die Zimmerpreise des luxuriösen und empfehlenswerten Hauses gegenüber der k.k. Hofoper gehen bis 30 Kronen (90 Euro).

Von den Top-Hotels der Stadt aus können Sie alle wichtigen Sehenswürdigkeiten leicht zu Fuß erreichen. Selbst die bewohnten kaiserlichen Zimmer der k.k. Hofburg lassen sich zwischen 15 und 17 Uhr besichtigen. Vorausgesetzt, der Kaiser ist nicht anwesend. Eintrittskarten für 60 Heller (1 Euro 80) sind bei der Burghauptmannschaft zu lösen.

Wer schlecht auf den Beinen ist oder sich nur für kurze Zeit in der Stadt aufhält, kann an den Wiener Rundfahrten teilnehmen, die seit einem Jahr im Angebot der Wiener Straßenbahnen sind. Hier fährt man für 3 Kronen (9 Euro) im eleganten Salonwagen vom Neuen Markt aus den ganzen Tag durch die schönsten Teile der Stadt. Neben den Top-Sehenswürdigkeiten können Sie von der Tramway aus den Zentralfriedhof oder die niederösterreichische Landesirrenanstalt bewundern.

Die Linie 61 fuhr als einzige ins Herz des ersten Bezirks, und zwar bis zum Hohen Markt. Sie wurde 1942 eingestellt.

Touristik-Fachleute lassen sich überhaupt einiges einfallen, um Fremde nach Wien zu locken und sie entsprechend zu verwöhnen. Seit 1883 gibt es Pauschalreisen von Berlin nach Wien. Im Preis inkludiert sind die Fahrt, Gepäcksbeförderung, Aufenthalt inklusive Vollpension, Transfer zu den Bahnhöfen und Geld für Theater- und

Museenbesuche. Der Landesverband für Fremdenverkehr in Niederösterreich unternimmt unentgeltliche Nachmittagsausflüge auf den aussichtsreichen Kahlenberg. Programm und Anmeldung: Büro des Landesverbandes, Kärntnerstraße 34 (Kärntnerhof).

Selbst der Staat nimmt sich verstärkt des lukrativen Themas an. Das im Juli eröffnete k.k. Ministerium für Öffentliche Arbeiten wird ein eigenes Büro zur Fremdenverkehrsförderung einrichten. Das Ergebnisse der Bemühungen: An die 450.000 ausländische Hotelgäste zählt die Stadt 1908. 100 Jahre später werden über 7 Millionen nicht-österreichische Gäste ein Wiener Hotel bewohnen.

Während ausländische Feriengäste die Straßen bevölkern, flüchten Einheimische aufs Land – Sommerfrische genannt. Die Vorbereitungen für dieses logistische Großereignis, das so gut wie jede bürgerliche Familie betrifft, beginnen bereits im Mai. Die Teppiche werden zusammengerollt, Luster und Bilder kommen in Leinensäcke, den Polstermöbeln verpasst man Schutzkappen. Gleich nach Pfingsten fährt die Gattin mit einem Teil des Personals, den kleinen Kindern und unzähligen Koffern und Kisten los. Zurück bleiben der Gatte, eine Dienstperson und der schulpflichtige Nachwuchs. Im Juli folgt der Rest.

Für die kleineren bürgerlichen Brieftaschen beginnt die Sommerfrische bereits innerhalb der Grenzen Wiens, vor allem in einer der hübschen, kleinen Wohnungen in Hütteldorf im 14. Bezirk. Kommt das für Sie in Frage, gehen Sie am besten zur „Zentralauskunftsstelle für Sommerwohnungen", Wollzeile 4 im ersten Bezirk.

Es folgen die Orte entlang der Südbahn: Mödling, Baden oder der Semmering mit den Villen der Wiener Großverdienern und den prächtigen Hotels wie dem Panhans. Karl Kraus, Adolf Loos, Peter Altenberg, oder Arthur Schnitzler entspannen hier in luftiger Höhe. Übrigens: Im vergangenen Winter lernte der spätere Kaiser Karl auf den Hängen vor dem Panhans das Skifahren.

Top-Destination für den erholungssuchenden Wiener ist das Salzkammergut mit dem Zentrum Bad Ischl. Bekanntester Sommergast des lieblichen Ortes ist der Kaiser. Franz Joseph wird am 26. Juni um 7 Uhr 30 von der Wiener Station Penzing im Hofseperatzug der Westbahn losfahren. Die Reiseplan ist minutiös ausgearbeitet und in jeder Tageszeitung nachzulesen: „In Wels, wo die Ankunft um 11 Uhr 27 Minuten erfolgen wird, nimmt der Kaiser während eines Aufenthalts von 8 Minuten die Huldigungen entgegen." Um 14 Uhr 15, nach dutzenden Bürgermeisteransprachen und – angesichts des straffen Programms – beschleunigten Darbietungen lokaler Musikkapellen, erreicht der Kaiser endlich Bad Ischl, wo ihn 400 Schulkinder mit der Volkshymne begrüßen. Auch das geht vorüber, und der 77-Jährige kann seine karge Unterkunft in der Kaiservilla beziehen. Sein Schlafkabinett ist so klein, dass keine Schränke hineinpassen. Im Vorraum steht die Gummiwanne und der Leibstuhl – WC gibt es in der ganzen Villa nicht. Nicht wesentlich besser sind die VIPs aus Politik, Wirtschaft und Kunst untergebracht. Allerorts ist der Ärger über die feuchten Kammern und harten Betten zu hören. Und das zu Preisen der Ringstraßenhotels.

Besuchs-Tipp: Die Residenz des Kaisers in Bad Ischl (www.kaiservilla.at).

Wenn Sie salzige Meeresluft und gutes Wetter bevorzugen – verregnete Sommer sind im Salzkammergut sprichwörtlich –, dann empfiehlt sich der Aufenthalt an Österreichs mondänen Meeresküsten. Von in- und ausländischer Prominenz gerne besucht ist Abbazia (kroatisch: Opatija). Hier kopieren bauwütige Wiener die Architektur der Heimatstadt, vom Ringstraßenpalais bis zur Zinskaserne – so hemmungslos, dass der österreichisch-ungarische Architekturverein sich im Jahr 1908 über die planlose Verbauung des malerischen Küstenorts beschwert. Ebenfalls im heurigen Jahr geht die Tramway in Betrieb, die zum Nachbarort Lovrana (Lovran) führt, wo sich etwa der gesundheitlich stark angeschlagene Wiener Bürgermeister Karl Lueger erholt.

Die bekanntesten österreichischen Urlaubsparadiese für Leidende mit dicker Brieftasche sind in Böhmen, allen voran die weltberühmten Kurorte Karlsbad, Franzensbad, das erste Moorbad der Welt, und natürlich Marienbad. Karlsbad, tschechisch Karlovy Vary, erreicht man im Schnellzug in knapp 12 Stunden. Die Fahrt im Abteil erster Klasse kostet 50 Kronen und 80 Heller (ca. 150 Euro). Die Heilungssuchenden erwarten mehr als 30 Luxushotels, darunter das Grandhotel Pupp oder das Bristol. Die Zimmerpreise sind von vier bis 16 Kronen (ca. 50 Euro) gestaffelt. Marienbad, das natürliche Kohlensäurebäder sowie Stahl-, Dampf-, Gas-, elektrische und Heißluftbäder bietet, wird am 23. Juni von Thronfolger Erzherzog Franz Ferdinand und Gemahlin besucht. Sie mischen sich unter die insgesamt 32.000 Kurgäste des Jahres 1908.

In Anbetracht der Tatsache, dass es immer mehr Wiener in die Ferne zieht, gar in Urlaubsorte jenseits der Grenzen, versuchen gewiefte Marketing-Experten, die Freunde aus der Hauptstadt mit subtilen Botschaften von den Vorteilen stadtnaher Destinationen zu überzeugen. Beispiel ist Mürzzuschlag in der Steiermark, das vor allem im Wintersport punkten möchte und sich gegen Konkurrenz aus der Schweiz behaupten muss. Der Slogan lautet: „Davos is Davos, aber Mürzzuschlag is a wos!"

WOHNEN & OBDACHLOSIGKEIT

„Heut' schlaf' ich bei der grünen Bettfrau"

Vom Ringstraßenpalais bis zur Gratis-Übernachtung im Kanal: Die Stadt bietet für jeden Geldbeutel etwas. Ein kurzer Streifzug durch die Wohnzimmer und Nassräume Wiens des Jahres 1908.

3. JUNI: WETTER

WARM UND BEWÖLKT, AM ABEND GEWITTER

TAGES-CHRONIK

DER KAISER AUF ACHSE: MIT DEM HOFSONDERZUG NACH BADEN * GEWITTER OHNE REGEN: EIN 17-JÄHRIGER HILFSARBEITER WIRD AM GELÄNDE DER FABRIK AST & KOMP. VOM BLITZ ERSCHLAGEN * HOSTIENFLEVEL: EIN 25-JÄHRIGER HANDELSAKADEMIKER WIRD VERURTEILT, WEIL ER EINE HOSTIE AUSGESPUCKT UND MIT SEINEM SCHUH BESCHMUTZT HAT

Im Jahr 2001 bieten 160.000 Häuser mit über 900.000 Wohnungen Platz für 1,6 Mio. Einwohner.

Wohnen in Wien ist sündteuer. Die Ursachen sind die gewaltige Nachfrage, die nicht erfüllt werden kann, sowie Boden- und Bauspekulanten, die aus der Wohnungsnot ein lukratives Geschäft machen. Insgesamt bietet die Stadt des Jahres 1908 knapp 40.000 Häuser mit 445.000 Wohnungen – und das für zwei Millionen Einwohner. Dazu kommt, dass die Hausbesitzer die Höhe der Miete nach Lust und Laune festlegen können. Da wundert es nicht, dass die Preise fürs Wohnen Jahr für Jahr in die Höhe schnellen: Zwischen 1880 bis 1910 gibt es in den Vororten eine Steigerung von astronomischen 2.650 Prozent. Wer nicht zahlen kann, der fliegt. Kündigungsschutz und geregelte Mietpreise gibt es erst ab 1917.

Wenn Sie gerade Ihre Behausung verloren und die Ersparnisse zur Gänze aufgebraucht haben, dann gehören Sie zur großen Masse der Obdachlosen, von Zeitgenossen gerne auch „Griasler“ genannt. In diesem Fall gehen Sie zum Karlsplatz im ersten Bezirk – am besten während der Nachtstunden, denn Sie planen einen illegalen Gang in die Unterwelt Wiens. Schräg gegenüber der Karlskirche, die gerade wegen umfassender Renovierungsarbeiten eingerüstet ist, sehen Sie eine Art Litfasssäule auf der Höhe Lothringerstraße 1. Öffnen Sie die kleine eiserne Tür des Turms mit einem Dietrich. Zünden Sie die Laterne an, die neben dem Eingang steht. Steigen Sie die enge, stark gewundene Treppe hundert Stufen hinab bis zur Sohle des Kanals.

Web-Tipp: www.drittemanntour.at. Das Kanalsystem Wiens hat durch den Filmklassiker „Der dritte Mann“ Weltruhm erlangt.

Der Wien-Kanal, die Heimat hunderter Obdachloser. Das am Ende des 19. Jahrhunderts gegen das periodisch auftretende Hochwasser des Wienflusses gebaute Stollen-

system hat den Vorteil, dass sich die Polizei kaum hierher verirrt. Die „Zwingburg" unter dem Schwarzenbergplatz ist so gut wie uneinnehmbar. Und: Die hier Gestrandeten schlafen weich auf dem Mist, den ihnen die Großstadt freundlicherweise zur Verfügung stellt. Allerdings sind die Schächte stets von einem süßen Düngergeruch erfüllt, der das Atmen fast unmöglich macht.

Buch-Tipp: Max Winter, Hannes Haas (Hg.): Expeditionen ins dunkelste Wien (Picus 2007).

Wenn es die Witterung zulässt, können Sie die Nacht auch in frischer Luft verbringen. Unter den Sandlern heißt das „zur grünen Bettfrau gehen." Beliebteste Schlafstellen sind der Prater und das Gebiet bei der Reichsbrücke.

Bei winterlichen Temperaturen bietet sich eine der sechs Wärmestuben an. In der Erdbergstraße Nummer 85 im dritten Bezirk finden Sie ein ebenerdiges Gebäude mit einer hübschen Fassade. An der Stirnseite die Tafel: „Wärmestube. Gestiftet von Moritz Freiherrn v. Königswarter." Dem Mann ist es zu verdanken, dass Sie hier einen warmen Platz haben und gratis mit Wassersuppe und Brot versorgt werden. Die Nachteile: Sie dürfen hier weder rauchen noch reden. Außerdem müssen Sie im Sitzen schlafen – mit dem Kopf auf der Schulter des Nachbarn.

An der Stelle der ehemaligen Wärmestube gibt es jetzt Nahrung im Überfluss: Billa hat dort eine Filiale.

Sie wollen die Nacht unbedingt liegend verbringen und haben ein wenig Geld organisiert? Dann gehen Sie am besten in die Leopoldstadt. Dort existieren dutzende, polizeilich nicht genehmigte Massenquartiere, die in den kleinen, schmutzigen Winkelgassen untergebracht sind. Die Wohnungen in den halbverfallenen Häusern bestehen gewöhnlich aus drei bis vier Räumen, in denen bis zu 100 Personen Platz finden müssen. Es gibt auch Betten, doch die meisten Menschen liegen auf Fetzenwerk am Boden. Um hier ein Auge zuzubringen, sollten Sie erst drei bis vier Tage ohne Pause auf den Straßen umherirren. Auf diese Weise erhalten Sie die nötige Bettschwere. Die Kosten für eine Nacht: 40 Heller (ca. 1,20 Euro). Im Preis inkludiert sind jede Menge Ungeziefer und Krankheiten wie Tuberkulose und Syphilis falls Sie es mit der körperlichen Nähe zu den anderen Bewohnern zu weit treiben.

Wanzen und Flöhe sind neben Ratten die großen biologischen Plagen der Stadt. Es gehört zu den morgendlichen Ritualen, die kleinen Viecherln am Körper einzusammeln. Um sie längerfristig los zu werden, füllen Spezialisten die Wohnungen tagelang mit Gas. Für die Bewohner heißt das: Ausweichquartier suchen. Die Plage betrifft jedoch nicht nur einfache Behausungen. Selbst vor den vornehmen Palais kann man den Wagen des Ungeziefervertilgers sehen.

Wesentlich besser als in den Massenquartieren ergeht es Ihnen in den Männerheimen. Das Flaggschiff unter den Obdachlosenasylen ist das vor drei Jahren eröffnete sechsstöckige Gebäude in der Meldemannstraße 27 im 20. Bezirk. Hier bekommen Sie einen tüchtigen Schweinsbraten um konkurrenzlose 38 Heller (ca. 1,15 Euro). Beim Beamten an der Kassa lösen Sie die Anweisung auf eine eintägige Bettstelle gegen Einwurf von 60 Hellern (ca. 1 Euro 80). Dafür gibt es eine moderne, saubere Unterkunft inklusive elektrischem Licht. Weiteres Highlight: Im Souterrain befindet sich eine Art Wellnessbereich, wo sich die Besucher für 25 Heller waschen und desinfizieren lassen können.

Adolf Hitler wird hier von 1910 bis 1913 sein Dasein fristen und seine Ansichtskarten produzieren. 2009 soll an dieser Stelle das „Seniorenschlössl Brigittenau" entstehen.

Mit der Körperpflege ist das so eine Sache. Den meisten Wienern steht nicht mehr als ein Lavoir zur Verfügung. Die Rettung aus hygienischer Sicht heißt städtisches Volksbad, das man in der Regel einmal in der Woche besucht. Europas erstes öffentliches Brausebad wurde 1887 in der Mondscheingasse 9 im 7. Bezirk eröffnet, 1908 wieder geschlossen und durch die 100 Jahre später noch existierende Einrichtung in der Hermanngasse Nr. 7 ersetzt. Der Erfolg ist gigantisch: Nicht weniger als 2,2 Millionen Besuche verzeichnen die kommunalen Nassräume im Jahr 1908. Der einzige Wermutstropfen: Die Zweite Wiener Hochquellenleitung wird den Dienst erst 1910 aufnehmen. Das bedeutet, dass die Duschen häufig unter Wassermangel leiden – daher der heute noch gebräuchliche Name „Tröpferlbad".

Besuchstipp: Das Tröpferlbadmuseum im Bezirksmuseum Wieden, Klagbaumgasse 4. Es ist stilgerecht in einem ehemaligen Brausebad untergebracht.

Genüsslicher ist die Ganzkörperreinigung in den eigenen vier Wänden – sofern Sie Platz und das nötige Kleingeld haben. Für 50 Kronen (ca. 150 Euro) bekommen Sie eine Wellenbad-Schaukel der Marke „Bade zu Hause". „Der Effekt ist derselbe wie im Seebade und hat den Vorteil der Temperatur- und Wellenschlag-Regulierung", verspricht die Werbung des Herstellers Franz Both, Castelligasse 3 in Wien 5. Die „Regulierung" sieht so aus, dass eine helfende Hand das Ding langsamer oder schneller in Bewegung hält.

Eine überlegenswerte Alternative zum Männerheim, weil längerfristig, ist die Untermiete, auch „Aftermiete" genannt. Sie brauchen nur die roten Zettel mit „Zimmer frei" beachten, die an den Haustoren hängen. Hier finden Sie ein Kabinett für relativ günstige 10 bis 30 Kronen (30 bis 90 Euro) monatlich. Dafür müssen Sie Abstriche in punkto Lebensqualität machen. Die Wohnungen sind im Durchschnitt mit drei bis vier Erwachsenen und sechs bis sieben Minderjährigen belegt. Das ergibt an die 100 lärmende Kinder pro Haus. Dazu kommt, dass Sie überall mit den Werkstätten der Gewerbetreibenden konfrontiert sind. Schneider, Selcher und Schmied, deren Geschäftslokale im Parterre sind, fangen oft mitten in der Nacht zu arbeiten an.

Die meisten Wohnungen in den Mietskasernen der Vororte bestehen aus Zimmer und Küche – kein Kabinett. Aber auch hier wird fleißig vermietet, und zwar an Bettgeher. Mehr als 80.000 Menschen, vor allem städtische Neuzugänge, nutzen eine Schlafstelle im Schichtbetrieb. Einziger Vorteil: Das Bett, oft eine Verlegenheitslösung in der Küche, ist vom Vorgänger vorgewärmt.

Das Herz der einfachen Behausung ist die Küche. Kredenz, Gasofen und hie und da schon ein Eiskasten: Sie füllen den Metallbehälter, der in der Mitte des Geräts aufgehängt ist, von oben mit den Eisstücken vom umherwandernden Eismann. Ein billiger Kühlschrankersatz sind zwei Tonschüsseln, die übereinander gelegt, mit einem Strumpfbandgummi verschlossen und mit einem feuchten Tuch bedeckt werden.

Das WC finden Sie „in Indien", soll heißen „jenseits des Ganges", das wiederum bedeutet, dass Sie die Wohnung verlassen müssen, um Ihr Geschäft zu verrichten. Vorausgesetzt, dass die Gemeinschaftstoilette nicht gerade von einer anderen der Hauspartei besetzt ist. Der Rekord liegt bei 60 Personen, die sich die gleiche Klobrille teilen. Falls Sie zart besaitet sind: Eine Packung „Hygienisches Spezial-Klosettpapier" kostet geschmalzene 80 Heller (ca. 3 Euro). Tageszeitungen sind da deutlich billiger.

Mietwohnungen für das gehobene Bürgertum gibt es in ausreichender Zahl, Sie brauchen nur in der Zeitung blättern, bevor Sie diese für andere Zwecke verwenden. Eine typische Anzeige lautet: „Fashionable Wohnung: 8. Bezirk, Albertgasse 35, 1. Stock (Ostseite) mit Lift, 4 Gassenzimmer, darunter ein ca. 40 Quadratmeter großer Salon, komplett eingerichtetes Badezimmer mit großen lichten Nebenräumen, wie Diener-, Vorzimmer, Speise, Küche, Klosett, Gas und elektr. Licht, Telefon. Jahreszins 2540 Kronen, ab sofort zu vermieten." Dass sich diese Wohnung nur wenige leisten können, versteht sich von selbst. 80 Prozent der Wiener Bevölkerung verdient jährlich weniger als 1.200 Kronen.

Mehr zu den finanziellen Verhältnissen der Wiener Seite 139.

Bewohnen Sie eine der Mietburgen, dann sollten Sie unbedingt ein gutes Verhältnis zum Hausbesorger aufbauen. Er stellt eine Macht dar, die nur vom Hausbesitzer überstrahlt wird. Er weiß von den Bewohnern so gut wie alles, kann eigenmächtig Kündigungen aussprechen und – was das Schlimmste ist – er ist der alleinige Besitzer des Haustorschlüssels. Um Punkt 22 Uhr wird zugesperrt. Wer zu spät kommt, den bestraft der Novotny.

Nachdem Sie am Haustor geläutet haben, erscheint er, notdürftig in einen Schlafrock gehüllt, in Schlapfen und mit einer flackernden Kerze in der Hand. Die Laune des eben aus dem Schlaf Gerissenen: übel. Um ihn für die Unannehmlichkeiten zu entschädigen, ist das „Sperrsechserl" (ca. 30 Cent) zu entrichten. Diese Regelung führt sogar dazu, dass viele Nachtschwärmer inmitten einer der endlosen Opern Richard Wagners aufspringen, um ja vor 22 Uhr zu Hause zu sein. Damit erstreckt sich die Macht der Novotnys und Wotrubas bis ins kulturelle Herz der Stadt.

Keine Probleme mit Hausbesorgern haben Großverdiener, die ihr Leben etwa im Cottageviertel fristen. Das schlampige Stubenmädchen oder der halbblinde Gärtner bereiten da schon mehr Kopfzerbrechen.

Buch-Tipp: Brunnbauer, Heidi: Im Cottage von Währing/Döbling (2007). Paläste und Prominente.

Das zwischen 18. und 19. Gemeindebezirk aufgeteilte Villenparadies ist in den Jahren 1873 und 1874 auf dem Reisbrett geplant worden. Quasi eine Schrebergartensiedlung für Reiche – und gehört doch zu den feinsten Wohngegenden Wiens. Die Häuser im „Cottage-Stil" haben meist rote Backsteinfassaden und zeichnen sich durch ländliche Bauelemente aus. Damit sind sie die

zünftige Antwort auf die mit den Palais der Adeligen konkurrierenden Paläste der Ringstraße. Ein Cottage-Einfamilienhaus mit Garten gibt es schon ab 56.000 Kronen (ca. 160.000 Euro).

Besuchstipp: Die Fassade des von Max Fabian 1901 erbauten Hauses ist mit einer färbigen Fliesenverkleidung der ungarischen Firma Zsolnay geschmückt.

Um Ihre Villa stilgerecht einzurichten, sollten Sie dem eleganten Möbelhaus Portois & Fix in der Ungargasse 59–61 im 3. Bezirk einen Besuch abstatten. Hier kauft auch der Adel. Das 1881 gegründete Unternehmen hat Niederlassungen in ganz Europa, selbst in Bombay bedient man die wohlhabenden Vertreter des britischen Empire.

Bis vor kurzem war noch der so genannte Makart-Stil in Mode: Samtvorhänge, Plüschmöbel, Pfauenfedern und Strohfächer, Buketts in kolossalen Vasen, Mohrenknaben mit Fackeln, Bronzebüsten auf Kachelöfen. Die alles dominierende Farbe ist Rot.

Fortschrittliche Geister sind bereits vom Stil der Sezession und der Wiener Werkstätte geprägt. Einfache Formen herrschen vor, die Zweckmäßigkeit steht im Vordergrund. Statt des schwülstigen Rots haben die Designer Schwarz und Weiß für sich entdeckt.

Besuchstipp: Seit 2003 erstrahlt das Café Museum nach Änderungen in den 30er-Jahren wieder im ursprünglichen Zustand (www.cafe-museum.at).

Einer der wichtigsten Vertreter der schnörkellosen Kunst ist Adolf Loos, vor allem bekannt für sein „Haus ohne Augenbrauen" am Michaelerplatz, das jedoch erst 1911 fertiggestellt werden wird. Um schon jetzt einen Eindruck vom schlichten, modernen Stil zu bekommen, können Sie das Café Museum besuchen, für das Loos die Inneneinrichtung beigesteuert hat. Das Kaffeehaus befindet sich an der Ecke Operngasse und Karlsplatz – wenige Schritte von der Pforte zu Wiens Unterwelt entfernt.

GESELLSCHAFT & GUTES BENEHMEN

„Wie macht das der Herr Graf, dass er keine Wimmerln hat?“

Das gesellschaftliche Parkett des Jahres 1908 ist glatt wie mit Schmierseife behandelt. Das A und O eines erfolgreichen Auftritts sind perfekte Umgangsformen und eine tadellose Frisur.

4. JUNI: WETTER

LEICHT BEWÖLKT, SEHR HEISS

TAGES-CHRONIK

RAUSCHENDES FEST: SOMMERNACHTSREDOUTE IM SCHWARZENBERGPARK * KIRCHENZUWACHS: FEIERLICHKEITEN ZUR GRUNDSTEINLEGUNG DER NEUEN PFARRKIRCHE IN HETZENDORF. DIE REDE HÄLT BÜRGERMEISTER LUEGER * REICHSRATSSITZUNG: DEBATTE ÜBER DIE ZUSTÄNDE BEI DER POLIZEI * DEMONSTRATIONEN UND SCHLÄGEREIEN UNTER DER STUDENTENSCHAFT: SCHLIESSUNG DER UNIVERSITÄTEN * HOHER BESUCH: ERZHERZOGE KARL JOSEF, LEOPOLD UND FRANZ SALVATOR WOHNEN ARMEE-STEEPLECHASE BEI

Der Schwarzenbergplatz im dritten Bezirk. Schon von weitem sehen Sie im Park, der hinter dem Hochstrahlbrunnen liegt, eine gewaltige Inschrift aus Glühlampen: Redoute 4. Juni. Um 20 Uhr 30 geht es los. Die hohen Herren erscheinen mit Smoking und Strohhut, auch in Frack, die feinen Damen in duftiger Sommertoilette mit Maske. Unter den zahlreichen Gästen die Crème de la crème der Aristokratie: Erzherzog Franz Salvator, Erbprinz von Salm-Salm, Obersthofmeister Fürst Montenuovo nebst Gemahlin, weiters die Fürsten Kraft-Hohenlohe, Kinsky, Windisch-Graetz usw.

Redoute ist eine alte Bezeichnung für Kostümball.

Die Atmosphäre ist prächtig. Die Glühbirnen, die zwischen den Bäumen an Ketten hängen, strahlen mit dem Doppeladler im Hintergrund um die Wette. Bei den Zelten entwickelt sich eine ansprechende Redoutenkonversation, hie und da wird gar gelacht. Die Aristokratinnen bedienen die Gäste mit vollkommener Grazie – es geht nämlich ums Einsammeln großzügiger Spenden für wohltätige Zwecke. Die Stimmung steigt kontinuierlich, gegen Mitternacht erreicht das fröhliche Treiben der eleganten Welt mit einem farbenprächtigen Feuerwerk seinen Höhepunkt. Ewig schad', wenn Sie das versäumen würden.

Um an der Sommernachtsredoute im Schwarzenbergpark teilnehmen zu können, bedarf es allerdings einer sorgfältigen Vorbereitung. Sie brauchen erst einmal eine passende Frisur. 1908 trägt die Dame von Welt das Haar bei festlichen Anlässen breit gewellt. Die halbtiefe Hinterfrisur zeigt einen griechischen Knoten, umschlungen von einer Zopfform, dessen beiden Enden in Löckchen auslaufen. So der Rat der Reporterinnen der gängigen Modejournale.

Von den 2080 Zeitschriften, die in Wien 1908 produziert wurden, drehten sich über 40 um das Thema Mode.

Auch der Herr präsentiert das Haar wieder in eleganter Fülle. Der obere Teil wird in zwei Wellen in Form einer Tolle schief nach hinten frisiert, seitlich erhebt sich das Haar in einer vollen Welle hin zu den Ohren. Ganz unten durch ist heuer die bulgarische Mode mit Zahnbürsten-Schnurrbart und ausrasiertem Nacken.

Um eventuell ergrautem Haar die Jugendfarbe zurückzugeben, empfiehlt sich Grohlichs bleifreie Haar-Milch, eine Errungenschaft modernster chemischer Forschung. Garantiert giftfreies und mit der Goldmedaille prämiertes Haarfärbewasser von Julius Brauneis, Alleegasse 55, Wien 4, gibt es für günstige 4 Kronen. Beschmutzt weder Kopfhaut noch Bettwäsche.

Besuchs-Tipp: Die Modesammlung im Wien Museum (www.wienmuseum.at).

Als Mann haben Sie bezüglich Ihres Auftretens eine Grundsatzentscheidung zu treffen. Wollen Sie als solide Persönlichkeit gelten, müssen Sie älter wirken als Sie sind. Voraussetzung ist ein mächtiger Bart – in Mode ist der Kaiserjubiläumsbart – sowie eine goldene Brille, auch wenn Sie sie nicht nötig haben. Dazu kommt eine leichte Wölbung des Bauches, in der Fachwelt „Embonpoint" genannt, und während den Amtszeiten eine lederne Aktentasche mit der Frühstückssemmel darin.

Wollen Sie hingegen zur fortschrittlichen Elite gehören, ist ein jugendliches Gesicht von Vorteil. Gehen Sie glatt rasiert, als ob Sie ein Schauspieler, Kellner, Aristokrat oder, schlimmer noch, ein Engländer wären. Statt Standesbewusstsein stellen Sie Blasiertheit zur Schau. Das ist nie enden wollende Müdigkeit und Gleichgültigkeit den Dingen des Lebens gegenüber. Egal, was passiert, sei es ein naher Todesfall oder Ihre eigene

Hochzeit, Ihnen ist garantiert fad – gepaart mit einer näselnden Überheblichkeit.

Auch als Dame müssen Sie zwischen Tradition und Fortschritt wählen. Das althergebrachte Frauenbild weist üppige Körperformen auf. Hier helfen ein eng geschnürtes Korsett, das Brust und Popo zur Geltung bringt, sowie entsprechende Pflegemittel. Wie etwa Käthe-Busenwasser, ein sensationelles Mittel zur Erreichung einer herrlichen Büste. Äußerliche Anwendung, per Flasche 3 Kronen. Zu beziehen bei Käthe Menzel, Mariahilferstraße 120, Wien 7.

Ganz anders die moderne Frau. Diese hat das Korsett abgelegt und die Vorteile der sogenannten Reformkleidung entdeckt. Bereits 1878 wurde das geschlossene Reformbeinkleid entwickelt, danach eine betont taillenlose Variante, der an den Schultern hängende „Reformsack". Seit einiger Zeit tauchen auch elegante Modelle auf, die anspruchsvollsten aus dem Modehaus Paul Poiret in Paris. Scheuen Sie als emanzipierte Frau zudem nicht die Sonne und verzichten Sie folglich auf Sonnenschirm und Schleier. Machen Sie Sport. Scheren Sie sich nicht um die Meinung anderer und rauchen Sie in der Öffentlichkeit.

1911 erfand Poiret den Bleistiftrock. Erst Coco Chanel konnte Poirets dominierende Rolle im Pariser Modeleben in den 1920-Jahren an sich reißen.

Derart vorbereitet geht es an die Entwicklung tadelloser Umgangsformen. Wichtigstes Höflichkeitsinstrument des Mannes auf den Straßen der Stadt ist der Hut. Dieser wird, bei leichter Verbeugung des Oberkörpers, immer dann gezogen, wenn ein bekanntes Gesicht aus der Masse auftaucht. Die Folge: Jede Wiener Kopfbedeckung ist nach kurzer Zeit vom permanenten Abnehmen völlig abgegriffen. Wenig überraschend, dass sich da Widerstand formiert. Im Jänner 1908 schlug Graf Harrach gar die Gründung eines Antihutabnehmvereins vor. Salutieren statt Hut ruinieren. Der Zuspruch der traditionsverbundenen Öffentlichkeit ist allerdings eher matt.

Franz Maria Alfred Graf von Harrach (1870-1937) wurde als Adjutant des Thronfolgers Franz Ferdinand Augenzeuge des Attentats von Sarajevo im Jahre 1914.

Begegnen Sie einer feinen Dame, dann folgt das obligate Küss' die Hand. Sagen Sie es nicht nur, tun Sie es auch. Es wird überhaupt viel und intensiv geküsst. Die Kinder den Herrn Papa, das Personal die Dame des Hauses und selbst die Hausmeisterin drückt jenen Parteien, die entsprechendes Trinkgeld geben, einen untertänigsten Schmatz aufs Handerl. Doch auch in diesem Bereich gibt es Bedenken, vor allem vonseiten der Ärzteschaft. Der feuchte Handkuss wurde nämlich als optimaler Ort für die Übertragung von Krankheiten identifiziert.

Falls Sie auf einen Bekannten treffen, dessen Namen Ihnen partout nicht einfallen will, dann helfen Sie sich am besten durch Aneinanderreihung von Höflichkeitsfloskeln über die Runden: „Oh, ich habe die Ehre, Herr Doktor, meine Verehrung, meine Ergebenheit, wie steht das werte Befinden? Immer wohlauf, sehen aber vorzüglich aus, und die hochverehrte Frau Gemahlin? Lege mich ihr gütigst zu Füßen und meine ergebendsten Handküsse, also hat mich wirklich sehr gefreut, bitte, nochmals meine Handküsse, gehorsamster Diener..." Und Abgang.

An den wenigen Beispielen lässt sich leicht ersehen, dass das Wiener Gesellschaftsleben allerhand Finessen und Tricks bereithält. Um sich ganz sicher sein zu können, sollten Sie immer einen Benimmratgeber griffbereit lagern. Seitdem der Pionier in Sachen Umgangsformen, Freiherr von Knigge, sein Hauptwerk „Über den Umgang mit Menschen" herausgegeben hat, sind zahlreiche Anleitungen ähnlicher Natur erschienen. Gerade in fünfter Auflage auf dem Markt ist „Das goldene Anstandsbuch" von J. Eltz. Der Ratgeber deckt alle Bereiche des Lebens ab, von der Einrichtung der Wohnung, über das Liebesleben bis zum Verhalten in der Öffentlichkeit. Hier lernen Sie: Ein feiner Herr trägt kein Paket in der Hand. Der Herr geht links von der Dame. Eine Dame, die allein vor einer Auslage stehen bleibt, ist keine Dame. Und ein Herr, der seinen Löffel in der Teetasse stehen lässt, hat in der besseren Gesellschaft ohnehin nichts verloren.

Raoul Auernheimer (1876-1948), österreichischer Jurist und Schriftsteller.

Für all jene, die sich nicht sicher sind, welchem Gesellschaftsstand sie angehören, hält Raoul Auernheimer eine Faustformel parat: „Die erste Gesellschaft, das sind die Schwarzenberg und Rothschild – die nicht miteinander verkehren. Die zweite, das sind die, die bei Rothschild verkehren aber Rothschild nicht bei ihnen. Und die dritte Gesellschaft, das sind wir!"

Übrigens: Gegen Runzeln und Falten des Gesichtes, Mitesser, Nasenröte etc. sollte man zur „Fecolin"-Seife greifen. Fecolin und die Wimmerln sind weg. Versand durch M. Feith, Mariahilferstraße 45 in Wien 6.

„Alles gerettet!“

Lust auf eine Spritztour mit dem Porsche durch das Wien des Jahres 1908? Können Sie haben. Einzige Voraussetzungen: Sie sind verletzt und haben nichts gegen blutverschmierte Ambulanzwagen.

6. JUNI: WETTER

VORMITTAGS DRÜCKEND SCHWÜL, AB 3 UHR SINTFLUTARTIGE NIEDERSCHLÄGE UND HAGEL

TAGES-CHRONIK

ABGEBRANNT: ZELLULOIDWARENFABRIK IN OTTAKRING RAUB DER FLAMMEN – 18 TOTE * AUSGEBAUT: STRANDBAD GÄNSEHÄUFEL DER ALLGEMEINEN BENÜTZUNG ÜBERGEBEN * UNTERGEGANGEN: HEIMISCHE FUSSBALLELF VERLIERT GEGEN ENGLAND 1:6

Steigen Sie um 9 Uhr 30 beim Deutschen Volkstheater in die Straßenbahnlinie 46 – was für Sie kein Problem sein sollte, denn diese Linie fährt im Jahr 2008 auf derselben Strecke. Fragen Sie den Schaffner, ob Sie 12 Heller (ca. 36 Cent) für die Kurzdistanz oder 20 Heller (ca. 60 Cent) für die Langstrecke zu bezahlen haben. Das Ziel: die Station Ottakring der Vorortelinie in der Thaliastraße.

Gehen Sie die paar Schritte von der Haltestelle zur Adresse Roseggergasse 16. Stellen Sie sich auf das unbebaute Gelände und blicken auf das Gebäude, das sich auf der anderen Straßenseite befindet. Es liegt mitten zwischen den Zinskasernen. Hübsch präsentiert sich die Front des einstöckigen Haupttrakts. Auf einem edel gearbeiteten schwarzen Holzschild, das die ganze Länge einnimmt, steht „Erzsébethsalva – Brüder Sailer, Zelluloidwarenfabrik".

Als letztes Produkt aus Zelluloid werden heutzutage Tischtennisbälle produziert.

Zelluloid, der Segen der modernen Welt. Filme, Kämme, Messergriffe und Spielzeug werden daraus hergestellt, so lange, bis ab Mitte des 20. Jahrhunderts Polyethylen die Nachfolge antreten wird. Einen großen Nachteil hat das leicht formbare Material allerdings: Es brennt wie ein Einser, ist es doch nichts anderes als gelöste Schießbaumwolle. Eine kleine Unachtsamkeit und Zelluloid explodiert mit einer Geschwindigkeit von 6.300 Meter pro Sekunde.

Genau das passiert im Keller der Sailer-Fabrik kurz nach 10 Uhr 15 vormittags. Eine dumpfe Detonation, dann ein greller Feuerschein, gellende Schreie.

10 Uhr 24. Die Zentralstelle der Berufsfeuerwehr wird telefonisch benachrichtigt.

10 Uhr 28. Eine Feuermeldung trifft vom Automaten Nummer 15 ein, Standort Hasnerstraße 153.

Ein Zug der Zentrale Am Hof 10 im ersten Bezirk rückt mit zwei Dampfspritzen aus, zudem werden die Filialen Josefstadt und Breitenfeld der Berufsfeuerwehr sowie die freiwilligen Feuerwehren Ottakring, Währing, Penzing, Rudolfsheim (mit Dampfspritze), Dornbach und Hernals zur Unterstützung angefordert.

In rasendem Tempo und unter ohrenbetäubenden Hornsignalen nähern sich die Pferdegespanne dem Unglücksort. Dort hat sich bereits eine große Schar Schaulustiger eingefunden, aus ganz Ottakring läuft das Volk zusammen. Die bald massenhaft erscheinenden Sicherheitswachleute mit ihren Pickelhauben und den halbmondförmigen Schildern auf der Brust, die die Dienstnummer tragen, drängen die Menschentrauben zurück, da weitere Explosionen zu erwarten sind.

Die ersten Einsatzkräfte treffen knapp 20 Minuten nach Ausbruch des Feuers ein, das bereits turmhohe Flammen schlägt. Die Speerspitze ist die freiwillige Feuerwehr Ottakring, die sich mit einer Spritze, drei Wasser-, einem Rüst- und einem Schlauchwagen sowie 35 Mann in die Schlacht wirft. Ein erstes Hindernis bildet der Hydrant, der sich genau vor der Fabrik befindet. Da die stationären Wasserspender in Wien nicht einheitlich sind, muss erst der richtige Schlüssel gefunden werden, um an das rettende Nass zu gelangen. Das dauert.

Endlich können Schlauchlinien gelegt werden, insgesamt sind es 23, die in den Hof der Fabrik und zu den Nachbarhäusern führen. Gegen den Brand kann das Ottakringer Team wenig ausrichten, erst die Dampfspritzen der Berufsfeuerwehr und anderer Einheiten sind in der Lage, Kontrolle auszuüben. Dann die Heldentat, von der am nächsten Tag alle Zeitungen berichten werden: Trotz Gluthitze gelingt es den Löschmeistern Schiansky, Weigl und Lerach in das Innere der Fabrik einzudringen und zwei Bewusstlose dem Verderben zu entreißen.

In diesem Augenblick kommen die Rettungswagen, die sich ihren Weg mit Hilfe schriller Pfeifen bahnen. Sie werden vergebens nach Pferden suchen, denn der Tross besteht bereits aus sich selbstbewegenden Fahrzeugen – auch die Feuerwehr verfügt schon über einige Automobile. Die mit Gleichstrom laufenden Motoren finden Sie in den Vorderrädern, Radnarbenmotoren genannt. Die Automobile wurden 1905 bei der k.u.k. Hofwagenfabrik Jacob Lohner & Co in der Donaufelderstraße 73 bestellt. Der Konstrukteur heißt Ferdinand Porsche, der Gründer der legendären Autobauer-Dynastie. Die Lohner-Porsche-Mobile sind die weltweit ersten Elektro-Rettungswagen. Sie gehören der Wiener Freiwilligen Rettungsgesellschaft, die ihren Hauptsitz in der Radetzkystraße Nummer 1 hat, genau in jenem Gebäude, wo sich auch 100 Jahre später die Wiener Rettungszentrale befinden wird.

Da in Wien bekanntlich nichts passiert, bevor etwas passiert, steht am Anfang der Wiener Freiwilligen Rettungsgesellschaft die größte Katastrophe Wiens im 19. Jahrhundert. Am 8. Dezember 1881 kam es zu einem verheerenden Brand im ausverkauften Ringtheater. Hauptursachen für die fürchterlichen Folgen des Unglücks waren das Versagen der Einsatzkräfte, das Fehlen eines Eisernen Vorhangs und die verplanten Notausgänge. Diese ließen sich nämlich nur nach Innen öffnen. Die Tatsache, dass bald niemand mehr aus dem Gebäude kam – weil die meisten sich aus der tödlichen Falle nicht befreien konnten –, veranlasste den Leiter des Polizeikommisariats Innere Stadt, Anton Landsteiner, zu der legendären Aussage: „Alles gerettet!"

Besuchs-Tipp: Museum der Wiener Rettung. Sanitätsstation Hernals, Gilmgasse 18 im 17. Bezirk.

Was er und der Rest der Welt erst später erfuhren: Im Theater befanden sich über 400 verkohlte Leichen. Die einzig positiven Folgen der Katastrophe waren verbesserte Bauvorschriften und eine erstmals ernstzunehmende Organisation des Wiener Rettungswesens.

Trotz der fortschrittlichen Ausrüstung und umfassenden Ausbildung der Rettungskräfte kommt für 17 Arbeiter der Zelluloid-Fabrik in Ottakring jede Hilfe zu spät, ein weiterer wird am nächsten Tag im Spital sterben. Unter den Opfern auch die Schwester der Besitzer, die sich in einer wahrlich trübseligen Situation befinden. Neben dem Verlust der Angehörigen und Mitarbeiter müssen die Brüder Sailer bereits die zweite Explosion ihrer Fabrik verantworten, die ein halbes Jahr zuvor im Dezember 1907 statt gefunden hat. Man investierte an die 100.000 Kronen (ca. 300.000 Euro), um die Sicherheit zu verbessern. Vergeblich.

Die Katastrophe vom 6. Juni 1908 wird zu heftiger Kritik an den städtischen und staatlichen Behörden führen, welche die Bewilligung für die Errichtung einer brandgefährlichen Zelluloid-Fabrik inmitten eines dicht besiedelten Wohngebietes gegeben haben. Selbst im Parlament kommt es zu handfesten Debatten, was schließlich zu gesetzlichen Änderungen führen wird. Von da an verschwinden die potenziellen Unglücksherde Schritt für Schritt aus dem Stadtbild.

Doch das alles betrifft Sie nicht. Mit einem „Nervenchock" (Schock), der Sie angesichts der verkohlten Leichen in der Roseggergasse 16 schnell zusammen klappen lässt, werden Sie mit dem Elektromobil in eines der 36 Spitäler Wiens gebracht, wobei das Allgemeine Krankenhaus mit knapp über 2.000 Betten das größte ist. Damit verursachen Sie einen der 143.750 Krankentransporte des Jahres 1908.

Im Jahr 2006 wird die Wiener Rettung nur knapp mehr – und zwar 176.000 – Einsätze absolvieren.

Allen Krankenhäusern gemein ist die notorische Bettennot. Daher gehört es zum Maroden-Alltag, stundenlang von einem Spital zum anderen geschickt zu werden – auch als Todkranker. Doch trösten Sie sich: Sie fahren in einem Porsche mit Top-Ausstattung.

Sie sind in eine braune Pferdedecke gewickelt, die mit weißem Ledertuch bezogene Tragbahre schwebt in Gurten. Daneben Emailkübel, Eiterschalen aus Hartgummi, Ausreibfetzen. Und ein erst vor kurzem eingeführtes Gerät für Infusionszwecke mit einem Liter sterilisierter Kochsalzlösung samt Schlauch und zwei Nadeln – unter Sanitätern wegen der eigentümlichen Form „die Bomben" genannt.

Schließlich finden Sie Platz im Wilhelminenspital, wo

auch die anderen Verletzten der Brandkatastrophe behandelt werden. In einer halbdunklen Halle heben Sie die Sanitäter, die sich dank roter Kappen und der todesverachtenden Ausdrucksweise von Normalsterblichen deutlich unterscheiden, aus dem Wagen und legen Sie neben eine Reihe anderer Bahren. Sie hören jemanden, der die Personalien der angekommenen Kranken von den Spitalzetteln abliest und weitere Verfügungen erteilt. Zwei weiß befrackte Spitaldiener bringen Sie durch düstere Gänge zum Krankensaal, wo 30 andere Patienten in ihren blauweiß gestreiften Kitteln spucken, röcheln und husten. Wenn überhaupt. Irgendwo im Saal die Stimme eines Arztes: „Ihre eigentliche Krankheit heißt Wien."

„Die Pfertt laufen ganz famos!“

Wien des Jahres 1908 kennt alle Höhen und Tiefen der Welt des Sports. Der heutige Tag vereint beide Seiten zu einem Wechselbad der Gefühle.

7. JUNI: WETTER

STARKER NIEDERSCHLAG, DEUTLICHE ABKÜHLUNG

TAGES-CHRONIK

EINSTURZ DES HAUSES „MARIAHILF“, WINDMÜHLGASSE NR. 13: MEHRERE PFERDE ERSCHLAGEN * FUSSBALL-LÄNDERSPIEL ÖSTERREICH-DEUTSCHLAND: GLÄNZENDER AUFTRITT DER HEIMISCHEN ELF * DERBY IN DER WIENER FREUDENAU: ÖSTERREICHISCHE ZUCHT ENTTÄUSCHT * WELTMEISTERSCHAFTS-RINGKÄMPFE IN DER OLYMPIA-ARENA: BOSNIER ANTONITSCH AUF DER SIEGERSTRASSE

Pfingstsonntag. Die Hitzeperiode ist endgültig vorüber, es regnet in Strömen. „Sauwetter" wird der bekannte Wiener Theaterautor Arthur Schnitzler am Abend in sein Tagebuch notieren. Der Wettersturz macht den Griff zu Gamaschen und gummierten Überzügen notwendig.

Steigen Sie spätestens um 16 Uhr am Parkring in die Straßenbahnlinie B_R. Der Ticketpreis beträgt 20 Heller (Sonntagstarif). Sie fahren über die Prater- und Ausstellungsstraße bis zur Endstation bei der Rotunde. Gehen Sie von dort wenige hundert Meter in Richtung Südost. Ihr Ziel: Der Cricketer Sportplatz im 2. Wiener Gemeindebezirk.

Dort beginnt um 18 Uhr das Fußball-Ländermatch Österreich-Ungarn gegen das Deutsche Reich, das erste offizielle Spiel der beiden Erzrivalen. Anlass ist der Dreiländerwettkampf im Rahmen der Kaiser-Huldigungssportfeste. Die Begeisterung des rund 5.000-köpfigen Publikums ist zu Beginn ein wenig gedämpft, erst gestern hat die österreichische Nationalelf gegen den Favoriten England 1:6 verloren. Das zweite Spiel gegen die Profis von der Insel, das am Montag stattfindet, wird sogar mit einem blamablen 1:11 enden. Wie sehr die Briten den Fußball dominieren, hören Sie auch an den Kommentaren innerhalb der Wiener Zuschauerschaft. Hier spricht man eher von den „Halves" als vom Mittelfeld, und statt „Verteidigung" verwendet man den Ausdruck „Backs".

Kaiserhuldigung Seite 67.

Das Spiel gegen Deutschland verläuft ausgeglichen. Die strammen Gäste, die im roten Trikot mit weißen Ärmeln und einem gestickten Adler auf der Brust aufs Feld kommen, gehen zweimal in Führung. Österreich kann jeweils durch einen WAC-Spieler ausgleichen. In der 44. Minute fällt das Siegestor durch Johann Anders, dem dritten WAC-Kicker im Bunde. Der Jubel über das 3:2 gegen die Preußen wird nur durch das Prasseln des Regens getrübt.

Für Sie als Zuseher aus dem Jahr 2008 mögen die taktischen Raffinessen der beiden Mannschaften ein wenig befremdlich wirken. Einstudierte Spielzüge? Keine Spur. Die Athleten rennen gruppenweise dem Ball nach. Wundern Sie sich also nicht, wenn das Publikum Kerzen, bei denen der Ball senkrecht in die Luft getreten wird, mit heftigem Applaus belohnt. Dazu die schroffe Spielweise. Wenige Jahre zuvor starb der DFC-Tormann Görner an inneren Verletzungen, nachdem ihm ein Stürmer mit beiden Beinen in die Magengrube gesprungen war. Auch die Zuseher tragen Ihren Anteil an der ruppigen Anfangszeit. Im Mai kam es in Wien wegen unterschiedlicher Regelauslegung zu einer wilden Schießerei, bei der ein

13-Jähriger verletzt wurde. Manche Vereine zogen die Notbremse und erhöhten die Eintrittspreise drastisch, um die Zuschauerzahl in überschaubaren Grenzen zu halten. Gewinnmaximierung in der Welt der Lederwuchtl ist 1908 eben noch ein Fremdwort.

Buch-Tipp: Ernst Lothar: Der Engel mit der Posaune (dtv 2003). Lebendige Beschreibung des Derbys.

Wenn Ihnen Fußball zu unsicher scheint, bietet sich der Besuch der Freudenau an, wo heute am Nachmittag das gesellschaftliche Ereignis des Jahres stattfindet: das Österreichische Derby. Trotz des Schlechtwetters – die Prater Hauptallee, die zum Pferderennplatz führt, ähnelt einem Kotmeer, die Kutscher fluchen vermummt vor sich hin – ist der Besucherstrom beachtlich. 1.458 Wagen und Automobile passieren allein das Lusthaus im Prater, dazu die Gäste, die per Eisenbahn oder Schiff in die Freudenau kommen.

Für den Besuch des Derbys brauchen Sie erst mal das nötige Kleingeld: Für eine Loge müssen Sie bis zu 1.000 Kronen (3.000 Euro) hinblättern. Dafür sitzen Sie auf der Nobeltribüne unmittelbar unter dem Teesalon des Hofkonditors Demel. Unter Ihnen die ständigen Logeninhaber, die sich im ersten, zweiten oder dritten Stockwerk aufhalten. Weiters die Rennstallbesitzer Springer oder Rothschild, Riesenzigarren rauchend. Spricht jemand das Wort Pferd wie „Pfertt“ aus, dann können Sie davon ausgehen, dass es sich um einen Aristokraten handelt. Von diesen sind Dutzende vor Ort. Als Top-Prominenter erscheint Erzherzog Karl Franz Joseph, der spätere Kaiser Karl I. Sie erkennen ihn daran, dass er auf einem vergoldeten Fauteuil Platz nimmt.

Für diesen gehobenen Rahmen sollten Sie, sofern eine weibliche Besucherin, ein Kleid nach der letzten französischen Mode tragen, Spitzenärmel, sehr langer Rock. Dazu einen epochalen Hut – je größer, desto besser – mit wippender, weißer Straußenfeder. Der Herr bewegt sich am elegantesten im vorschriftsmäßigen Cutaway mit dem schmal-krempigen Alt-Wiener „Stösser" am Haupt.

Sobald die Startglocke ertönt und das Startband hochgeht, ist es vorbei mit der guten Stimmung. Das Derby gewinnt nämlich ein Pferd aus russischer Zucht. Die heimischen Teilnehmer verpassen das saftige Preisgeld von 114.000 Kronen (ca. 340.000 Euro) um Längen. Die Kommentare im Publikum sind unterschiedlich. Viele führen das schlechte Abschneiden auf den tiefen Boden zurück. Wenn Sie den Satz hören „Es werden in Österreich Exemplare zur Zucht verwendet, die besser für die Wurstfabrik taugen", dann stehen Sie in der Nähe des Lokalschriftstellers Rudolf Stürzer. Er muss es ja wissen, denn er gilt als Kapazunder in Sachen Pferdesport.

Rudolf Stürzer (1865-1925), Wiener Lokalhumorist.

Falls Sie von der Derby-Performance der heimischen Rennställe enttäuscht sind, trösten Sie sich: Bei den anderen Wettrennen des Jahres 1908 schlagen sich die „Pfertt" auch nicht besser.

Als gesellschaftliches Gegenstück zum Derby lohnt sich der Besuch der Weltmeisterschafts-Ringkämpfe für Leicht- und Schwergewichte. Hier sitzen Sie vor allem unter Fleischermeistern und Lastenträgern. Austragungsort ist die frisch renovierte Olympia-Arena im Prater, die größte Freilichtbühne des Kontinents mit einem Fassungsvermögen von 4.000 Sportbegeisterten. Wien schickt mit dem Wiener Josef Steinbach einen Prachtathleten ins Rennen. 1904 Weltmeister und 1906

Prater & Venedig in Wien Seite 93.

Olympiasieger im einarmigen Heben. Im Laufe seiner Karriere stellte er 35 Weltrekorde auf, um nach den olympischen Spielen ein Gasthaus in Erdberg zu eröffnen.

In den diesjährigen Ringwettkämpfen schwächelt er allerdings und kommt über den vierten Platz nicht hinaus. Weltmeister im Schwergewicht wird der Bosnier Simon Antonitsch. Erschrecken Sie nicht über seine hagere Gestalt. Er wiegt nicht mehr als 130 Kilogramm, und das bei einer Größe von 2 Meter 13. Seine ungewöhnlich langen Arme sind tödliche Waffen, die etwa in Form des Nackenhebels Angst und Schrecken verbreiten.

Im August folgen die Ringkämpfe der Frauen – und das lange vor der Erfindung des Damen-Schlammcatchens.

Falls Sie sich während Ihrer Reise sportlich betätigen wollen, stehen Ihnen rund 200 Tennisplätze zur Verfügung – die Privatcourts der Oberschicht nicht mitgerechnet. Lassen Sie sich von der Bezeichnung Lawn („Rasen") Tennis nicht in die Irre führen, in Wien wird ausschließlich auf Sand gespielt. Das heißt: Sie stehen auf Mörtel, der aus Straßenstaub, Zement und Sägespäne gewonnen und mit verdünntem Ochsenblut veredelt wird. Ihr Outfit als Herr besteht aus einer langen hellen Hose, hellem Seiden- oder Flanellhemd mit Umlegekragen und modefarbigem Schlips, schwarzen Strümpfen sowie weißen Leder- oder Segeltuchschuhen. Die Damen dürfen ohne Korsett spielen, stattdessen sollten Sie eine weiche Brustbinde oder ein Halbkorsett anlegen. Die Röcke sind – man höre und staune – fußfrei. Ob Sie mit Hut auf den Court gehen oder nicht, bleibt Ihnen überlassen. Auch wenn Sie ein geübter Spieler oder erfahrene Spielerin sind, unterschätzen auf keinen Fall Ihre Gegner. Österreich gilt als die sechstbeste Tennisnation der Welt.

Da dieser Sport zahlreiche Anhänger in der Ersten Gesellschaft hat, ist Tennis ideal fürs Networken in den obersten Kreisen. Selbst Angehörige des Kaiserhauses sieht man in Wien oder Bad Ischl in aller Öffentlichkeit den Ball über den Court jagen. Und falls Sie Arthur Schnitzler bei der Fitness kennen lernen wollen: Er spielt am 1., 3., 15., und 17. Juni jeweils am Vormittag. Am 18. ist es zu spät. Da ist er auf Sommerfrische in Altaussee.

Auch in Punkto Badespaß ist Wien gut gerüstet. Das erste Donaustrandbad der Stadt, das Gänselhäufel, ist gerade einmal ein Jahr alt. Es bietet moderne Infrastruktur wie Umkleidemöglichkeiten, sanitäre Einrichtungen, Elektrizität und Gasthausbetrieb.

Als Besucher werden Sie auf einen 50-jährigen Mann mit grauem Rauschebart und langer Pfeife im Mund treffen, der sich als „Oberbadewärter" ausgibt. Bringen Sie ihm Respekt entgegen, denn es handelt sich um Florian Berndl, den Gründer des Gänsehäufels. Von 1900 bis 1905 hat der „Wunderdoktor" und Kneipp-Jünger hier eine Freizeitoase inmitten der urbanen Hektik geschaffen. Bis

Bürgermeister Lueger auf die leicht bekleideten Besucher aufmerksam wurde und den Pachtvertrag mit Berndl kurzerhand aufkündigte. Quasi als Entschädigung stellte ihn die Gemeinde als Aufseher ein.

Seit 2006 gibt es wieder ein Badeschiff am Donaukanal – inklusive sauberem Wasser (www.badeschiff.at).

Für Reisende aus 2008 nicht zu empfehlen sind die vier Strombäder im Donaukanal. Zwar bieten sie eine interessante Architektur – die Badeschiffe sind etwa 60 Meter lang, 10 Meter breit und bestehen aus Holzbauten, die auf zwei eisernen Tragrohren ruhen –, doch die Wasserqualität lässt zu wünschen übrig. Allein die Nähe des Fischmarktes bei der Salztorbrücke kann einem gründlich den Spaß verderben. Dafür ist der Besuch günstig: Ab 10 Heller (30 Cent) sind Sie dabei. Die Badewäsche gibt's gratis dazu.

Falls Sie vorhaben, die Schwimmkunst zu erlernen: Sie sind nicht allein, denn 90 Prozent der Wiener Bevölkerung würde im Notfall untergehen. Die passende Kleidung für den lernwilligen Mann ist der einteilige Badeanzug aus gestreiftem Trikot, die Dame greift zu einem Badekleid aus Baumwolle. Dazu schwarze Strümpfe, damit nicht die nackten Beine zur Schau gestellt werden müssen. Was die Technik betrifft, so konzentrieren Sie sich in erster Linie aufs Brustschwimmen. Rückenschwimmen ist Frauen strengstens untersagt, da es als unanständig gilt. Beim Kraulen ist Vorsicht angesagt. Dieser von einem Australier erst zwei Jahren zuvor eingeführte Schwimmstil gilt als „undeutsch" und wird von einigen Hardlinern, die aus dem nationalistisch angehauchten Turnereck kommen, sogar verboten. Wenn Sie dennoch auf die schnellste Fortbewegungsart im Wasser nicht verzichten wollen, meiden Sie zumindest den Begriff „Crawl" und nehmen dafür die Germanisch wirkenden Ausdrücke „Beinschlagschwimmen" oder „Pudeln".

Die wenigen Beispiele zeigen: Für Abwechslung ist in der Welt des Sports gesorgt. Und selbst Anhänger des Rollschuhlaufs, für die seit kurzem mit Mr. Bridge ein professioneller englischer Trainer zur Verfügung steht, oder Freunde von Badminton und Jiu-Jitsu – beide sind seit heuer in Vereinen organisiert – finden in Wien von 1908 ein reiches Betätigungsfeld.

Auch international ist einiges los. Die IV. Olympischen Spiele finden vom 27. April bis zum 31. Oktober 1908 in London statt. Athleten aus 23 Nationen treten in 22 Sportarten gegeneinander an – darunter Tauziehen, Jeu de Paume, ein Vorläufer des Tennis, sowie Eiskunstlauf – die ersten Winterspiele gibt es erst in 16 Jahren. Zu den herausragenden Ereignissen in London gehört die Verlängerung des Marathons von 42 Kilometern auf die später üblichen 42,195 Kilometer. Der Grund: König Eduard VII will den Start von seiner Terrasse aus beobachten. Die zusätzlichen Meter werden dem weit in Führung liegenden Italiener Dorando Pietri zum Verhängnis. Völlig entkräftet wird er über die Ziellinie getragen – und disqualifiziert.

Web-Tipp: www.olympic.org. Die Geschichte der Olympischen Spiele.

Österreich schneidet nur mäßig ab. Für das einzige Metall sorgt Otto Scheff, der in 400 Meter Kraul den dritten Platz erringen kann. Scheff tauscht nach dem Zweiten Weltkrieg das Schwimmbecken mit dem Parlament und wird Nationalratsabgeordneter der ÖVP.

Ein Wettkampf der besonderen Art ist die Automobilfahrt von New York nach Paris. Sechs Autos starteten am 12. Februar 1908 in New York, von denen drei ein halbes Jahr später in Paris ankommen. Während die Deutschen auf einem Protos-Wagen am 26. Juli in der Seine-Metropole einfahren, sind der amerikanische Thomas nicht einmal in Berlin und der italienische Züst-Wagen gar erst in Sibirien. Trotzdem wird der Sieg den Amerikanern zugesprochen, da die Deutschen unter der Leitung des strammen Oberleutnants Hans Koeppen in den USA unerlaubterweise den Zug als Transportmittel verwendet haben.

Das Gigantenringen moderner Technik wird in den 60-er Jahren verfilmt werden. Unter dem deutschen Titel „Das große Rennen rund um die Welt" streiten sich Tony Curtis als „The Great Leslie" und Jack Lemmon als schrulliger Professor um die Lorbeeren.

Übrigens: Das Rennen von New York nach Paris wird im Jahr 2008 wiederholt. Startberechtigt sind Fahrzeuge mit Alternativbrennstoff- und Hybridantrieb.

„Um stilles Beileid wird gebeten!“

Man sagt Wien ein inniges Verhältnis zum Tode nach. Zu Recht. Lesen Sie im Folgenden von den schwersten Krankheiten, den populärsten Tötungsarten und den unverschämt hohen Bestattungstaxen.

10. JUNI: WETTER

REGNERISCH UND KÜHL

TAGES-CHRONIK

EINWEIHUNG DER ELISABETH-GEDÄCHTNISKAPELLE IN DER JUBILÄUMSKIRCHE AM ERZHERZOG-KARLPLATZ, DEM SPÄTEREN MEXIKOPLATZ * UNFALL: EINSPÄNNIGER WAGEN STÖSST AUF DER KREUZUNG SPITALGASSE UND TENDLERGASSE MIT EINEM MOTORWAGEN DER STÄDTISCHEN STRASSENBAHN ZUSAMMEN. DIE BEIFAHRERIN DES PFERDEGESPANNS, DIE MAGD JOSEFINE FIALA, KLAGT ÜBER KOPFSCHMERZEN * SELBSTMORD: MICHAEL CZERNOHANS SPRINGT VON DER KRONPRINZ RUDOLFBRÜCKE, DER SPÄTEREN REICHSBRÜCKE. DER GRUND: HÄUSLICHER ZWIST

Am 10. Juni, 16 Uhr 30, Ottakringer Friedhof im 16. Bezirk. Tausende Menschen haben sich in der Allee versammelt, die von der Gallitzinstraße zum Friedhof führt. Um in den geschlossenen Bereich zu gelangen, muss man eine Eintrittskarte lösen. An den offenen Gräbern stehen schon dicht gedrängt die Minister des Staates, der Statthalter Graf Kielmansegg, Landmarschall Fürst Liechtenstein und allen voran der Bürgermeister Karl Lueger. Der Anlass ist die Beisetzung von 15 Opfern des 6. Juni, des Tages der Fabriksexplosion in Ottakring.

Ottakringer Fabriksexplosion Seite 42

Dass die Opferbilanz der Katastrophe derart hoch ist, liegt keinesfalls am Versagen der medizinischen Versorgung. Diese ist weltberühmt, gilt doch Wien seit Mitte des 19. Jahrhunderts als Vorzeigestadt in punkto innovativer Medizin. Große Namen zieren die Spitäler, Universitäten und Ehrengräber des Zentralfriedhofs: Ignaz Philipp Semmelweis, Theodor Billroth, Karl Landsteiner, der Entdecker der Blutgruppen, Carl Koller, der die Lokalanästhesie eingeführt hat, und natürlich der Vater der Psychoanalyse, Siegmund Freud, Doktor der gesamten Heilkunde, Universitätsprofessor, IX, Berggasse 19 (3-5). So Freuds Eintrag in den öffentlichen Ärzteverzeichnissen.

Besuchs-Tipp: Das Freud-Museum bringt Besuchern das Leben des Meisters nahe (www.freud-museum.at).

Ein weiterer, der breiten Masse weniger bekannter Forscher ist Emerich Ullmann, Pionier der Transplantationstechnik. Im Jahr 1902 übertrug er, als weltweit erster, eine Schweinsniere in den Ellbogen einer Patientin. Weitaus erfolgreicher ist Adolf Lorenz, der Vater des Verhaltensforschers Konrad Lorenz. In seiner Privatpraxis, Rathausstraße 21 im ersten Wiener Gemeindebezirk, befindet sich das Mekka der Orthopäden. Lorenz gilt weltweit als der „unblutige Chirurg mit den wundervollen Händen." Er bekämpft angeborene Missbildungen mit Hilfe von kolossalen Streck- und Dehnvorrichtungen. Die Ergebnisse sind verblüffend.

Besuchs-Tipp: Die Ordination von Adolf Lorenz in der Rathausstraße ist in fast unverändertem Zustand zu besichtigen. Voranmeldungen unter 405 13 83-21.

Oder besuchen Sie Österreichs erste Ärztin, Gabriele Baronin von Possanner, in ihrer Praxis Alserstraße 26 im neunten Bezirk. Sie ordiniert hier seit zwei Jahren.

Soweit die Medizin 1908 auch fortgeschritten ist, bei manchen Krankheiten sind selbst die lokalen Götter in Weiß machtlos. Von den 35.500 Todesfällen des Jahres spielt bei 20 Prozent die Tuberkulose – nicht zufällig auch unter dem Namen „Wiener Krankheit" bekannt und gefürchtet – die entscheidende Rolle. Die mit Abstand meisten Betroffenen findet man im Arbeiterbezirk Ottakring, kein Wunder bei den herrschenden hygienischen Verhältnissen. Gerade an Lungentuberkulose erkrankt ist der Arbeiterdichter Alfons Petzold. Der Hausarzt empfiehlt ihm als Nahrung Milch mit eingerührtem Ei, außerdem einen ausgedehnten Aufenthalt in gesunder Luft außerhalb von Wien. Beides kann sich Petzold nicht leisten, denn er ist arbeitslos. Wer als Arbeiter länger als ein paar Tage marod' ist, wird nämlich automatisch gefeuert. Er überlebt nur, weil er Schriftsteller-Freunde hat, die einen Sanatoriumsaufenthalt finanzieren.

Web-Tipp: Unter www.aerztewoche.at finden Sie eine preisgekrönte 100-teilige Serie zur Medizingeschichte Wiens.

Grauenhaft wütet auch die Syphilis, selbst unter der heimischen Prominenz. Viele große Österreicher hat sie schon hinweggerafft, Franz Schubert, den Malerfürst Hans Makart, den romantischen Dichter Nikolaus Lenau und zuletzt den Komponisten Hugo Wolf, der 1903 an der Lustseuche qualvoll zugrunde gegangen ist. Doch

Rettung naht: In einem Jahr wird der deutsche Mediziner und Chemiker Paul Ehrlich den „Stoff 606“ entdecken, der nicht nur das erste wirksame Mittel gegen die weit verbreitete Geschlechtskrankheit ist, sondern auch den Beginn der modernen Chemotherapie darstellt. Bis dahin müssen die Betroffenen mit Quecksilber als einzig wirksames Mittel vorlieb nehmen. Die graue Salbe wird über den gesamten Körper verteilt, bis die Haut schwarzblau ist. Die Nebenwirkungen: Zahnausfall und eine erhebliche Entzündung des Mundraumes, so dass Patienten nur unter Qualen essen und reden können. Sofern sie die Behandlung überleben.

Es mag kaum überraschen, dass vor allem junge Menschen zum Revolver greifen, sobald die Diagnose Syphilis gestellt wird. Überhaupt scheint zu Beginn des 20. Jahrhunderts die Hemmschwelle für Selbstmord niedrig. Allein am 5. Juni schieden drei Einheimische mehr oder weniger freiwillig aus dem Leben: Der eine sprang in die Donau, der andere erschoss sich im Prater und eine Bedienerin übergoss ihre Kleider gar mit Petroleum. Im Laufe des Jahres werden weitere 425 Männer und 188 Frauen folgen. Bemerkenswert ist auch, dass die Selbstmordrate unter den Armeeangehörigen in Österreich-Ungarn die höchste in ganz Europa ist. Wichtigstes Motiv für den Offiziersselbstmord sind Spielschulden.

Zu Beginn des 21. Jahrhunderts gehen pro Jahr weniger als 200 Wiener und Wienerinnen freiwillig in den Tod.

Was die Tötungsart betrifft, so stehen Erschießen, Erhängen und Ertrinken auf der Beliebtheitsskala heimischer Depressiver weit oben. Die Tageszeitungen von 1908 berichten etwa von einem Arbeiter, der sich vor 16 Jahren zwei Kugeln in den Kopf und drei in den Bauch gejagt hat. Er überlebte. Acht Jahre später kamen zwei Schüsse in den Mund hinzu, die ihn nicht umbringen konnten. Februar 1908: Schnitt in den Hals, wieder überlebt. Erfolgreich war er erst kurz später im Spital, nachdem er sich die frischen Wunden aufgerissen hatte. Auch der oral eingenommene Tod ist populär. So starb ebenfalls im Februar ein Bahnbeamter an einer Kupfervitrolzinklösung, die er einer Telefonbatterie entnommen hatte. In besseren Kreisen wird stattdessen gerne das Schlafmittel Veronal geschluckt.

Naht das unausweichliche Ende, ist es Zeit, sich um die passende Ruhestätte zu kümmern. Bevorzugter Friedhof der Wiener ist der „Zenträu". Bis zu 10.000 Leichen passieren monatlich die Simmeringer Hauptstraße zum Zentralfriedhof, so viele, dass immer wieder innovative Transportsysteme diskutiert werden. Die Ideen reichen von der „pneumatischen Leichenbeförderung" bis zu einer eigenen Bahn, die ihren Ausgang in der Großmarkthalle als Zentralsammelstelle nehmen soll. Verwirklicht wird nichts.

Damit bleibt als einziger Weg zur letzten Heimstätte der traditionelle. Das gute, alte Transportmittel ist der reich geschnitzte schwarze Prunkleichenwagen, der – je nachdem für welchen Tarif Sie sich entschieden haben – mit zwei, vier oder sechs Rappen bespannt ist. Dahinter folgen die Kranzwagen und der lange Zug der Trauerkutschen. Wundern Sie sich nicht über die zahlreichen Schaulustigen. Es sind sogenannte Leichenamateure, die keine schöne Leich' auslassen.

Übrigens: Kümmern Sie sich bei Lebzeiten auch um einen Ihren Leistungen entsprechenden Grabstein.

Wärmstens zu empfehlen ist der Spezialist für Gruft- und Grabmonumente eigener Erzeugung, Neubaugürtel 4 im 7. Bezirk neben dem Café Westend. Der Name des Geschäftsführers: Herr Emil Killer.

Bezüglich der Begräbnisart haben Sie nur eine Möglichkeit: das Verscharrenlassen in der Erde, denn die Kirche Österreichs duldet die Feuerbestattung nicht. Schon der legendäre Karl der Große untersagte persönlich im Edikt von Paderborn die Einäscherung von Leichen, da sie ihm heidnisch schien. Die Strafe für dieses Vergehen war pikanterweise der Tod durch Verbrennen. Im Mittelalter beschränkte sich die christliche Feuerbestattung auf noch lebende Personen, die im Verdacht der Hexerei oder Ketzerei standen. Danach hielt sich die Kirche von den Flammen fern. Erst 1966 wird die Erzdiözese Wien den Widerstand aufgeben und die Feuer- der Erdbestattung gleichstellen.

Wer sich 1908 einäschern lassen will, muss also ins Ausland reisen. Beliebteste Destination ist Deutschlands erstes Krematorium in Gotha. Die gesamte Organisation inklusive Hin- und Rückreise übernimmt auf Wunsch „Die Flamme, Verein der Freunde der Feuerbestattung", Opernring 13 im ersten Bezirk. Mehr Informationen finden Sie in der eleganten Vereinsmonatsschrift „Phönix".

Übrigens: Bekannteste Kundin des Vereins ist die Trägerin des Friedensnobelpreises, Berta von Suttner, die die Verbrennungsöfen in Gotha im Jahr 1914 erreichen wird.

Bertha Sophia Felicita Baronin von Suttner (1843-1914), österreichische Pazifistin und Schriftstellerin. Sie wurde 1905 mit dem Friedensnobelpreis ausgezeichnet.

Wer sich die teure Überstellung nicht leisten kann, kommt unter die Erd'. Auch das ist nicht billig. Da das Bestattungswesen seit einem Jahr in den Händen der

Gemeinde Wien ist, haben Sie zumindest die Möglichkeit, auf Basis der detaillierten Preislisten (inklusive Garantie-leistungen) genau zu kalkulieren. Die Totenbeschaugebühr pro Leichnam beträgt 2 Kronen (6 Euro), das Benutzungsrecht einer Gruft mit einem Belegraum für 18 Personen bekommt man für 14.000 Kronen (ca. 42.000 Euro). Die Preise für alle anderen Services bewegen sich zwischen diesen beiden Extremen. So kostet etwa ein Stück Trauereiche, 3 Meter hoch, 10 Kronen. Anmerkung: Für Bäume, die am Friedhof absterben, leistet die Stadt keinen Ersatz. Insgesamt müssen Sie mit etwa 2.000 Kronen (ca. 6000 Euro) rechnen, für bessere Leute sind 6.000 Kronen (ca. 18.000 Euro) normal.

Besuchs-Tipp: Bestattungsmuseum Wien, Goldeggasse 19 im 4. Bezirk. 1.000 Objekte aus den Bereichen Totenkult und Bestattungsritual geben lebendigen Einblick in die Geschichte der Stadt.

Für die Opfer des 6. Juni ist das Begräbnis am Ottakringer Friedhof am heutigen Tag allerdings gratis. Die Gemeinde übernimmt die Kosten, selbst der gütige Kaiser hat 6.000 Kronen gespendet. Es soll am Friedhof künftig sogar ein Denkmal geben, damit die grauenhaften Folgen der Katastrophe niemals in Vergessenheit geraten – so das Versprechen des Bürgermeisters. Schad' nur, dass das imposante Monument nie gebaut werden wird.

„… es hat mich sehr gefreut“

Vor 60 Jahren hat Kaiser Franz Joseph I. den österreichischen Thron bestiegen. Grund genug, um den alten Herrn einmal so richtig hochleben zu lassen – ob er will oder nicht. Werden Sie Zeuge der letzten bombastischen Feier der k.u.k. Monarchie.

12. JUNI: WETTER

KAISERLICH

TAGES-CHRONIK

KAISERHULDIGUNGSFESTZUG: WIEN FEIERT DAS 60-JÄHRIGE REGIERUNGSJUBILÄUM FRANZ JOSEPHS * VERZWEIFELT: GRÜNWARENHÄNDLER STEPHAN PIPA, GEWOHNHEITSTRINKER, STICHT EHEFRAU UND SICH SELBST IN DEN UNTERLEIB * VERUNGLÜCKT: KELLNER JOSEF KUBELKA FÄLLT AUF DER HÖHE HÜTTELDORFERSTRASSE NR. 173 VON DER HINTEREN PLATTFORM DER STRASSENBAHN * VERHAFTET: DER 25-JÄHRIGE ANSTREICHERGEHILFE KARL SCHLARP ERKLIMMT IN DER NACHT DIE SPITZE DES STEFANTURMS UND HISST DIE SCHWARZGELBE FAHNE DER K.U.K. MONARCHIE

Kaiserwetter, strahlend blauer Himmel, die Ringstraße ein Farbenmeer. Vor dem Burgtor erstreckt sich der 300 Meter lange Festplatz, der von 24 Meter hohen Säulen begrenzt ist. Hier weilen 5.000 Ehrengäste in den mit feinsten Silberornamenten und glockenblumenblauem Samt geschmückten Logen. Zur linken Hand die Tribünen der Generäle in hechtgrauen Uniformen und grünen Federbüschen. Rechts die wichtigsten zivilen Repräsentanten des Staates ganz in Schwarz gekleidet.

Zwischen den beiden Tribünen: das absolute Zentrum der Macht. Terrassenförmig ziehen sich blaue Blüten bis zu den Füßen des Kaiserthrones, hinter dem das kolossale Zelt in Gestalt einer Krone erstrahlt. Unter einem schweren, goldenen Sonnensegel, das einen neun Meter großen gestickten Adler zeigt, sind 80 Mitglieder des Herrscherhauses versammelt, die Crème de la Crème Österreich-Ungarns, wie Franz Ferdinand, Karl Franz, Ferdinand Karl, Josef Ferdinand, Peter Ferdinand und Heinrich Ferdinand sowie Marie Therese, Maria Theresia, Maria Josepha, Maria Annunziata und Marie Valerie – durch die Bank Erzherzoge bzw. Erzherzoginnen.

Mit „k.u.k" („kaiserlich und königlich") ist der Gesamtstaat gemeint, also Österreich-Ungarn, „k.k." steht für die westliche Reichshälfte ohne Ungarn, „k." alleine weist auf alles hin, das nur zu Ungarn gehört.

In deren Mitte der Mächtigste der Mächtigen, Seine k.u.k. Apostolische Majestät Franz Joseph I., von Gottes Gnaden Kaiser von Österreich, König von Ungarn und Böhmen, von Dalmatien, Kroatien, Slawonien, Galizien, Lodomerien und Illyrien; König von Jerusalem, Erzherzog von Österreich, Großherzog von Toskana und Krakau... Mehr als 50 Kronen und Titel nennt der greise Mann sein eigen, der 1848, also vor einer halben Ewigkeit, den Thron bestiegen hat. Jedes Schulkind kennt sie auswendig. Wie all die habsburgischen Ferdinands,

Marias & Co miteinander verwandt sind, das wissen nur die wenigsten.

Um 8 Uhr 45 beginnt der Huldigungsfestzug, der das 60-jährige Regierungsjubiläum des Kaisers zum Anlass nimmt. Die 13 Kilometer lange Menschen- und Tierkette wälzt sich vom Prater über die Ringstraße und wieder zurück in den 2. Bezirk. An der Spitze reiten acht Fanfarenbläser, die den historischen Teil der Festlich-keiten eröffnen. Es ist quasi eine Zeitreise durch die Geschichte der Habsburger und des Landes: Sie reicht von Rudolf I., dem ersten bedeutenden Vertreter der Dynastie, über die legendäre Gestalt des „lieben Augustin“ – das Symbol für den unerschütterlichen Optimismus des Wieners, vor allem unter Alkohol-einfluss – bis zu Johann Joseph Wenzel Anton Franz Karl Graf Radetzky von Radetz, kurz „Papa Radetzky“, dem populärsten Kriegshelden Österreichs.

Feldmarschall Radetzky (1766-1858) versah seinen militärischen Dienst 72 Jahre lang und überlebte 17 Feldzüge.

4.000 Personen, 700 Pferde und eine Unmenge an Wagen, Kanonen und Waffen sind Teil des historischen Festzuges. Unter den Akteuren finden sich zahlreiche adelige Nachkommen der dargestellten Personen. Endlich ist die Aristokratie wieder dort, wo sie ihrer Meinung nach hingehört: im Zentrum des Geschehens – sei es auch nur als Statisten für ein paar Stunden. Diese Sehnsucht ist verständlich, denn die Liechtensteins,

Schwarzenbergs, Pallavicinis oder Harrachs liefern schon lange nicht mehr die angestammten Führer des Volkes, sondern nur mehr die elegant gekleideten Vertreter der Krone beim Volk.

Apropos Fußvolk: An die 500.000 Zuseher verfolgen das Spektakel. Findige Wohnungseigentümer haben die Zeichen der Zeit erkannt und Fenster und Balkone nächst der Festroute vermietet. Rekordeinnahmen eines Balkons in der Praterstraße: 2.000 Kronen (ca. 6.000 Euro). Selbst die Dächer der Ringstraßenbauten sind mit Hunderten Schaulustigen gefüllt. Die mit Abstand höchste Tribüne befindet sich auf dem Dach des Parlamentsgebäudes.

Falls Sie keine Sitzplatzkarte haben, brauchen Sie sich nur in Schale werfen. Denn die Tickets werden derart überteuert verkauft (bis zu 150 Euro), dass die leer gebliebenen Tribünensitze kostenfrei mit Passanten gefüllt werden müssen – vorausgesetzt, diese verfügen über ein entsprechend elegantes Outfit. Weiblichen Besuchern empfehlen die Zeitungen außerdem die Mitnahme von Migränepulver, Riechsalz und ein klein bisschen Kognak. Kein schlechter Rat, denn die Huldigung unter der prallen Juni-Sonne ist noch lange nicht zu Ende.

Der zweite Teil des Festzuges ist den zahlreichen Völkern des Reichs gewidmet. 8.000 Personen und 1.000 Pferde sind mit Sonderzügen aus allen Teilen der Monarchie nach Wien gebracht worden, um dem Wappenspruch des Kaisers – Viribus Unitis, „Mit vereinten Kräften“ – Leben einzuhauchen. Bei dem als Verbrüderungsfest geplanten Nationalitätenfestzug fehlen allerdings die Ungarn, Tschechen und Italiener. Die übrig gebliebenen Völker wandern in ihren Trachten jodelnd und musizierend über die Ringstraße. Der Jubel im Publikum, das die Mehrzahl der Volksgruppen des Reiches niemals zuvor zu Gesicht bekommen hat, ist groß. Nur der unermüdliche Kritiker Karl Kraus notiert in seiner Publikation „Die Fackel“: „Wenn die österreichischen Nationalitäten so aussehen, dann könnte der Einheitsgedanke der Hässlichkeit zu einer Verständigung führen.“

Trotz der unbarmherzigen Hitze und den endlosen Reihen der Huldiger steht der Kaiser da wie der Fels in der Brandung. Das ist nicht selbstverständlich, denn der 77-Jährige zeigte in diesem Jahr bereits Anzeichen von Schwäche. So hat er erstmals die Teilnahme an der Fronleichnamsprozession abgesagt. Auch die jährlich stattfindende religiöse Fußwaschung durch die Hand des tief gläubigen Kaisers ist ins Wasser gefallen. Die für diese Zeremonie vorgesehenen 12 völlig verarmten Greise und Greisinnen des Bürgerversorgungshauses sind am Gründonnerstag trotzdem in die Hofburg gekommen – um jeweils einen Pokal aus Zinn entgegenzunehmen.

Besuch-Tipp: An der Stelle des Bürgerversorgungshauses (Kreuzung Spitalgasse und Währingerstrasse im 9. Bezirk) befindet sich seit 1928 der Arne-Carlsson-Park mit dem sogenannten „Erinnerungsbunker“, der für Ausstellungen genutzt wird.

Der Kaiser war auch von Anfang an gegen den Huldigungsfestzug. Das Geld solle besser für wohltätige Zwecke verwendet werden, ließ der von Grund auf Gütige die Veranstalter wissen. Außerdem machte er, der Fatalist, schon schlechte Erfahrungen mit ähnlichen Veranstaltungen: Die Feiern zum 50-jährigen Regierungsjubiläum im Jahre 1898 mussten kurzfristig abgesagt werden, weil im September Kaiserin Elisabeth in Genf durch die angespitzte Feile des italienischen Anarchisten Luigi Lucheni zu Tode gekommen war.

Im Jahr 1908 will Wien den Festzug über die Bühne bringen, koste es, was es wolle. Die Aussicht auf einen gewaltigen Touristenstrom treibt die patriotischen Gefühle der Hoteliers in ungeahnte Höhen. Zudem sind die Geschäfte voll von Jubiläumsandenken, die man an den Mann bringen muss: Taschenmesser, Zigarren, Häferln, Büsten – selbst der legendäre Kaiserbart wird bei den Raseuren als Jubiläumsbart vermarktet. Im letzten Moment, Mitte März, konnte der Monarch schließlich umgestimmt werden. Damit setzte die Wirtschaft sich gegen alle Bedenken durch – wie es 100 Jahre später gang und gäbe ist.

So wird im Laufe des Jahres 1908 gehuldigt, was das Zeug hält. Es vergeht kaum eine Woche, in der nicht irgendeine Veranstaltung an die 60-jährige Regierungszeit des Kaisers erinnert: Jubiläumsmodeausstellung, Jubiläumshundeschau, Jubiläums-Distanzfahrt der Radfahrakademie. Das neben dem Festzug größte Event war im Mai die sogenannte Kinderhuldigung im Park des Schlosses Schönbrunn. 500 Sonderzüge der Wiener Straßenbahn brachten die Mädchen und Buben zum Kaiser, die ihn mit Gesängen und Gedichten zu ehren verstanden. Zahl der aktiven Knirpse: 82.000.

Franz Joseph ist nicht nur aus Bescheidenheit und Knauserigkeit gegen pompöse Feiern: Er hat einfach zu viel um die Ohren. Sein Arbeitstag beginnt, nachdem ihm sein Leibkammerdiener Eugen Ketterl das Frühstück gebracht hat: Kaffee, Butter, Gebäck und Schinken. Zwischen 5 Uhr 30 und 20 Uhr führt er das Leben eines

Beamten im Arbeitsrausch. Sein Tag besteht aus Akten und Parteienverkehr, hier Audienzen genannt. Wenn Sie ihn persönlich sprechen wollen: Seine Audienztage sind Montag und Donnerstag jeweils 10 Uhr. Anmeldung unter Beibringung des Gesuchs in der k. k. Kabinettskanzlei, Hofburg 1 im Schweizerhof.

Eigentlich müsste sich Ferenc József – so sein Name in der Amtsprache Ungarisch – das alles nicht antun. Er könnte abdanken und den schon die längste Zeit in den Startlöchern scharrenden Thronfolger Franz Ferdinand von Österreich-Este an die Macht lassen.

Doch der Kaiser misstraut dem strammen Katholiken, der sich rundköpfig, kurzhalsig, groß, massig und schwer präsentiert. Franz Ferdinand hat etwa den Fehler begangen, eine sogenannte morganatische Ehe mit Gräfin Sophie Chotek einzugehen – einer Frau, die nicht Rang und Stand des Mannes teilt. Außerdem führt der alles andere als populäre Erzherzog eine Art Schattenregierung in seiner Residenz Oberes Belvedere (Prinz Eugen-Straße 27 im dritten Bezirk) und wälzt revolutionäre Pläne zum Umbau der Monarchie. Lauter ärgerliche Sachen eben.

Am 26. Juni 1908 stellte Franz Ferdinand seinen Jagd-Tagesrekord auf: Er schoss 2.763 Lachmöwen. Insgesamt erlegte er bis zu seinem Tode am 28. Juni 1914 274.889 Tiere.

Franz Ferdinand ist nicht der einzige, der für familiäre Unstimmigkeiten sorgt. In den Schlagzeilen von 1908 taucht Wilhelmine Wölfling auf, Ex-Straßendirne und Ex-Frau des Ex-Erzherzogs Leopold Ferdinand. Dieser hat das Kaiserhaus 1902 verlassen, um den bürgerlichen Namen Leopold Wölfling anzunehmen.

Die Ehe mit Wilhelmine hielt nicht lange, Wölfling wandte sich der Prostituierten Maria Magdalena Ritter zu, Wilhelmine verschrieb sich dem Wahnsinn. Im März

1908 versuchte die von den Nachbarn als äußerst exzentrisch beschriebene Frau in ihrer Wohnung Albertgasse 30 im 8. Bezirk einen Selbstmordversuch mit Hilfe von Schusswaffe und Feuersbrunst, konnte aber gerettet und in die psychiatrischen Klinik des Allgemeinen Krankenhauses im neunten Bezirk gebracht werden.

Das Zentralbad ist seiner sexuellen Ausrichtung über die Jahrzehnte treu geblieben und firmiert heute unter dem Namen Kaiserbründl (www.kaisebruendl.at).

Ganz zu schweigen von „Luziwuzi" – Ludwig Viktor, jüngster Bruder des Kaisers und ehemals Stammgast im Centralbad in der Wiener Weihburggasse 18–20, einem einschlägig bekannten Treffpunkt. Ein Skandal jagte den anderen, bis Franz Joseph dem Ganzen einen Riegel vorschob und ihn 1864 auf Schloss Klessheim in Salzburg verbannte. Dort tritt der mittlerweile 66-Jährige offiziell als Gönner der Mozart-Stadt auf, privat als leidenschaftlicher Träger von Frauenkleidern.

Ein weiterer bunter Hund war Johann Salvator, der zunächst die für Erzherzöge übliche militärische Laufbahn eingeschlagen hat. 1889 bat er um die Entlassung aus dem Kaiserhaus und nannte sich fortan Johann Orth – nach seinem geliebten Wohnort Schloss Ort in Oberösterreich. Das Besondere daran: Mit seinem Ausscheiden hatte er den exterritorialen Status des Herrscherhauses verloren und musste um einen Reisepass ansuchen. Denn obwohl die Habsburger Österreich regieren, besitzen sie eines nicht: die österreichische Staatsbürgerschaft.

Johann Orth gilt seit einer Seereise im Jahr 1890 als verschollen. 2007 haben sich zwei Norweger gemeldet, die behaupten, seine Nachkommen zu sein – und erhoben damit Anspruch auf das malerische Hotel im Traunsee.

Übrigens: Der Kaiserhuldigungsfestzug, der als kräftige Geldspritze für die Stadt Wien geplant war, wird sich Monate später als finanzielles Desaster entpuppen – ein Schicksal, das auch 100 Jahre später gang und gäbe ist.

KINO & PANORAMA

„Das Obszönste, das ich jemals gesehen habe"

Ist Ihnen bewusst, dass Österreich-Ungarn auf dem besten Weg zur führenden Nation im Porno-Business ist? Mit dem Atelier Saturn besitzt Wien ein potentes Unternehmen, das erotische Filme in die ganze Welt exportiert – bis es den heimischen Beamten zu bunt wird.

13. JUNI: WETTER

LEICHT BEWÖLKT, MÄSSIG WARM

TAGES-CHRONIK

BESUCH AUS DEN KRONLÄNDERN: TEILNEHMER DES HULDIGUNGSFESTZUGES BEOBACHTEN LAUTSTARK DIE PARLAMENTARISCHE SITZUNG * GROSSER SCHADEN: BRAND DER FABRIK NAUMANN SCHEFFTEL IN FLORIDSDORF * THEATER AN DER WIEN: KONSERVATORIUM DER GESELLSCHAFT DER MUSIKFREUNDE BRINGT EINEN OPERNNACHMITTAG * HERRLICHE AUSSICHT: DER LANDESVERBAND FÜR FREMDENVERKEHR UNTERNIMMT AUSFLUG AUF DEN KAHLENBERG

Graben Nummero 17. Dort, wo Wolfgang Amadeus Mozart für fast ein Jahr wohnte und seine Oper „Die Entführung aus dem Serail" beendete, befindet sich das Graben-Kino-Theater. Vorstellungen sind um halb 11, 3 und 5 Uhr nachmittags sowie 7 Uhr abends. Des öfteren im Publikum der Schriftsteller und Wiens berühmtester Schnorrer Peter Altenberg. Er und seine weibliche Begleitung sitzen in bequemen Fauteuils. Der Rest auf Holzbänken.

Peter Altenberg, eigentlich Richard Engländer, 1859-1919, Schriftsteller und derzeit Pappmaché-figur im Café Central.

Es wird völlig finster. Im elektrischen Strahlenbündel, das die Bilderfläche grell beleuchtet, betrachtet Altenberg das allerherrlichste Profil seiner Begleitung vor der schwarzen Tuchtüre des Notausgangs. Das erste Bild erscheint, weiße Schrift auf schwarzem Grund: „Die Damen werden gebeten, die Hüte herunterzunehmen." Ein frommer Wunsch, denn besagte Kopfbedeckung erreicht zu dieser Zeit die Größe eines Wagenrads, was oft zu massiven Beschwerden des Kinopublikums führt.

Das Programm besteht aus Kurzfilmen, sogenannten Nummern, darunter etwa die „Marathon-Jünglinge" der olympischen Spiele in London, die grotesken Abenteuer eines Ruderers, der nicht rudern kann und das furchtbare Schauspiel „Im Morgengrauen", in dem ein zärtlicher Vater auf der Jagd zufällig sein geliebtes Söhnchen erschießt.

Erwarten Sie sich von der Qualität des Gebotenen nicht zu viel. Die Streifen, „lebende Photographien" oder „Films" genannt, flimmern teilweise so stark, dass es leicht zu Übelkeitsattacken kommt. Dazu schreckt die vielerorts wilde Atmosphäre ab. Die Zuseher kreischen, applaudieren, empfindsame Seelen brechen gar in Tränen aus. Dennoch: Das Kino ist bereits fester Bestandteil der Unterhaltungsszene. Es gibt in der Stadt 62 Kinos, drei davon haben ein Fassungsvermögen von über 2.000 Zusehern. Jeder Wiener besucht im Laufe des Jahres 1908 durchschnittlich fünf Aufführungen.

Eine rasche Verbreitung – wenn man bedenkt, dass die Filmbranche in Österreich erst knapp über 10 Jahre alt ist. Die erste öffentliche Vorführung in Wien fand am 27. März 1896 im Mezzanin des Gebäudes Krugerstraße 2, Ecke Kärntnerstraße, statt. Ein Mitarbeiter der Brüder Lumière, der Erfinder des Cinématographe, präsentierte an jenem Tag neun Bilderserien wie den spektakulären Höhepunkt „Eisenbahnstation": „Der Zug, erst ferne, rollt, immer größer werdend, gegen die Zuschauer heran, das Locomotiv verschwindet seitwärts."

Der Erfolg war ein gigantischer. Selbst der Kaiser, der vom technischen Fortschritt grundsätzlich nicht viel hält, ließ sich die Lumièrschen Bilder in einer Privataudienz in der Hofburg vorführen. Und siehe da: Seine K.u.K. Apostolische Majestät verlangte nach zweimaliger Wiederholung.

Noch im selben Jahr begann die kommerzielle Verwertung. Seit dem entstehen in rascher Folge Wanderzirkusse und Lichtspielpaläste. Im Jahr 1908 werden selbst in der leicht entlegenen Brigittenau zwei Kinos gegründet: Das „1. Brigittenauer-Kino" in der Marchfeldstraße 9 und das „Kinematographentheater" in der Klosterneuburgerstraße 40. Das älteste Kino Wiens, das 2008 noch bespielt wird, bezieht 1909 seineendgültige Adresse: Breitenseerstraße 21 im 14.Bezirk.

Web-Tipp: Die „Breitenseer Lichtspiele" finden Sie unter www.bsl.at.tf.

Buch-Tipp: Dewald, Christian / Werner Michael Schwarz: Prater Kino Welt. Der Wiener Prater und die Geschichte des Kinos (Filmarchiv Austria 2005).

Absolutes Zentrum der Filmindustrie ist jedoch der Prater. Die größten Paläste sind im kitschigen Neobarock mit opulenten Zwiebeldächern gebaut, um der noch leicht verruchten Branche einen gewissen Glanz zu verleihen. Daneben die „Theater der kleinen Leute“: Schaubuden, von Kennern auch „Saubuden“ genannt.

Als potenzieller Besucher stehen Sie in einer übel riechenden Wolke aus verbranntem Fett der Kartoffelpuffer, Stallgeruch und Azetylengas vor einer lang gestreckten Bretterbude, die mit roten Vorhängen und Zeltleinwand verkleidet ist. Daneben plärrt eine kunstvoll geschnitzte Orgel mit beweglichen Marionetten. Lassen Sie das Geld – 1 Krone (ca. 3 Euro) für den Sitzplatz, für den

Stehplatz 40 Heller – auf den Teller fallen und folgen Sie dem in schönstem Dialekt konferierenden Erklärer in den dämmrigen Raum hinter den Vorhang...

Hier sind Sie genau richtig, wenn Sie sich für „Herrenabende" – genauer: „Pariser Herrenabende" – interessieren. Es kommen nicht nur erotische Filme zur Aufführung, sondern auch Aufnahmen von chirurgischen Eingriffen, Krankheiten aller Art sowie missgebildeten Körpern. Das ganze Programm also für den Voyeurismus à la Fin de Siècle. Das pornografische Material stammt aus allen bekannten Studios, das meist ohne das Wissen der Eigentümer von Mitarbeitern während der Nacht hergestellt wird. Ein Unternehmen, das sich ausschließlich auf die Produktion von erotischen Streifen spezialisiert hat und die Werke weltweit exportiert, befindet sich in der Fasangasse 49 im dritten Gemeindebezirk: Atelier Saturn.

Im Angebot ist „Jugendspiele Teil 3". „Man sieht vier junge schöne Mädchen im Evakostüm auf einer anmutigen Wiese verschiedene Spiele aufführen, wobei man die Gelegenheit hat, die Schönheit des weiblichen Körpers in den mannigfachsten Stellungen zu bewundern", verrät der Saturn-Katalog. Im Klartext: Vier mäßig reizende Damen hopsen ungelenk auf einer Stoppelwiese in den Praterauen. Dafür sind sie splitternackt, und das ist wohl das einzige, das zählt. Eindeutiger ist da schon das „Unruhige Modell". „Ein Maler malt im Freien eine Evastudie. Das Modell ist jedoch unruhig und der Maler wird schließlich ebenfalls unruhig. Beide beruhigen sich, worauf der Maler weitermalt."

Wenn Sie also ein Freund des schrägen Humors sind

Web-Tipp: Unter www.filmarchiv.at können Sie einige der besten Saturn-Filme auf Video erwerben.

und das Material erwerben wollen: Für die 35 Meter Film zahlen Sie 63 Kronen (ca. 190 Euro). Diskreter Versand per Nachname. Falls zu teuer, es gibt bereits Vorläufer der Videotheken. „Erste Film-Verleihanstalt" in der Ungargasse 49 und die spezialisierte „Erste Leihanstalt für hochpikante Herren-Films" in der Gudrunstraße 168.

Der sich schnell einstellende Erfolg des Unternehmens Saturn hält nicht lange an. Bereits ein Jahr später wird der im heutigen Georgien stationierte österreichische Konsul, Heinrich Folliot de Crenneville-Poutet, auf entsprechende Produkte aufmerksam. Voller Empörung erstattet er seinem Außenminister Bericht: „Hier in Tiflis werden pornografische Bilder gezeigt, die an Obszönität alles übertreffen, was ich in dem halben Jahrhundert meines Lebens in vier Weltteilen je gesehen habe. Und ich habe viel gesehen... Übrigens sind alle aufgenommen Personen unverkennbar Wiener Typen."

Der Ruf der Monarchie steht auf dem Spiel. Die ganze Wucht der Gesetzeshüter prasselt auf das Unternehmen nieder. Nach polizeilicher Ermittlung, die fast zwei Jahr dauert, kommt es zum vernichtenden Urteil und Saturn muss im Jahr 1911 die Pforten schließen. Für immer.

Eine unschuldige Alternative sowie der Vorgänger und für lange Zeit Konkurrent des Kinos ist das Kaiserpanorama. Es handelt sich um einen repräsentativen Rundbau mit Nussbaum-Furnierung, 3 Meter 75 im Durchmesser. Die Armlehnen haben einen dunkelbraunen Lederbezug. Alles atmet gediegene Eleganz. Bis zu 25 Personen sitzen im Kreis und blicken jeweils durch einen Seeschlitz ins Innere – quasi der Vorläufer der späteren Peep-Shows. Gegen Einwurf von 10 Heller sehen Sie kolorierte Stereofotografien auf Glas, die einen dreidimensionalen Eindruck erzeugen. Themen sind vor allem Reisefotos aus Spanien, Italien sowie die Wasserkünste zu Schloss Hellbrunn bei Salzburg. Sobald das nächste Bild erscheint, erschallt eine Glocke. Erschrecken Sie also nicht. Das bekannteste Panorama ist am Kolowratring 7, später umbenannt in Stuben-ring, gegenüber dem Stadtpark. Häufiger Besucher: Arthur Schnitzler.

Web-Tipp: www.ooemuseumsverbund.at
Das Welser Kaiserpanorama gehört zu den wenigen weltweit noch original erhaltenen stereoskopischen Rundpanoramen.

Bereits seit längster Zeit etabliert ist die Welt der Fotografie. Wenn Sie sich auf hohem künstlerischem Niveau porträtieren lassen wollen, so sollten Sie die Adresse Wipplingerstraße 24 ansteuern. Seit Herbst 1907 hat Dora Kallmus dort ihre Wirkungsstätte. Der Name: Fotoatelier d'Ora. Obwohl erst 27 Jahre alt und seit kurzem von ihrer Ausbildung in Berlin zurück, gehört bald die Wiener Crème de la Crème zu ihrem Kundenkreis. Im Jahr 1908 fotografiert sie etwa Berta Zuckerkandl, Karl Kraus, Arthur Schnitzler und Gustav Klimt. In den 20er-Jahren wird „Madame d'Ora" die legendären Nacktfotos der amerikanischen Tänzerin, Sängerin und Schauspielerin Josephine Baker anfertigen.

Wenn Sie glauben, lange auf Ihre Porträts warten zu müssen, dann irren Sie, denn die Geschwindigkeit, mit der 1908 Fotos produziert werden, ist beeindruckend. Bestes Beispiel ist die berühmte Firma Lechner. Zum Kaiserhuldigungsfestzug am 12. Juni überreichte Geschäftsführer Wilhelm Müller dem Kaiser ein Fotoalbum mit Bildern des Umzuges – und das zu Mittag, wenige Stunden nach Beginn der Veranstaltung. Müller stellte hierzu auf der Ringstraße ein Gerüst auf, in dem zwei Dunkelkammern zum Wechseln der Platten untergebracht waren. Assistenten brachten sofort nach den Aufnahmen die belichteten Platten ins Atelier, wo sie entwickelt und kopiert wurden. Bereits eine Stunde später gab es das erste fertige Foto der Kaiserhuldigung.

Übrigens: Die Firma Lechner mit Bildern des Kaiserhuldigungsfestzuges in der Auslage befindet sich am Graben 31. Wenige Schritte vom Graben-Kino-Theater entfernt.

„Alte, du musst hin werden!“

2008 gehört Wien zu den sichersten Städten der Welt. 1908 ist das Zentrum der Monarchie ein Eldorado für das organisierte Verbrechen, Jugendkriminalität und natürlich auch für den eleganten Strizzi.

14. JUNI: WETTER

WARM BEI MÄSSIGER BEWÖLKUNG

TAGES-CHRONIK

FEIERLICH: ENTHÜLLUNG DES DENKMALS FÜR DEN SCHÖPFER DER HEILANSTALT AM STEINHOF, LEOPOLD STEINER * KAISERHULDIGUNG DER DEUTSCH-ÖSTERREICHISCHEN STENOGRAFEN IM GROSSEN SITZUNGSSAAL DES ALTEN RATHAUSES * ZUSAMMENSTOSS ZWEIER STRASSENBAHNEN ECKE MARXER- UND RASUMOFSKYGASSE * STREIK ALLER 50 KELLNER IM KURSALON, STADTPARK. GÄSTE MÜSSEN SICH SELBST BEDIENEN * KAISER-JUBILÄUMS-TRABRENNTAG DES WIENER TRABRENNVEREINS

Spittelauergasse 8 im 9. Bezirk. Beobachten Sie aus sicherer Entfernung die Wohnung, die neben der Wäscherei im Erdgeschoß liegt. Kurz nach 16 Uhr sehen Sie Tisch und Stühle auf die Straße fliegen. Dazu ein gewaltiges Geschrei. Das Haustor geht auf, zwei Männer – das bereits abgestrafte Individuum Karl Rädermacher und Rudolf Hajek – stürzen heraus. Hinter ihnen Wilhelm Sonnbauer, der mit einem Revolver auf die Flüchtenden schießt. Er trifft Rädermacher, der bereits durch einen Axthieb in der Bauchgegend verletzt ist, dreimal am Kopf. Ein viertes Projektil verirrt sich im Oberschenkel des 9-jährigen Schulknaben Alois Wirthinger, der zufälligerweise in der Nähe steht. Nach wenigen Minuten erscheinen Polizisten, die dem Massaker ein Ende bereiten. Zurück bleiben fünf vom Schicksal schwer gezeichnete Personen.

Die Spittelauergasse heißt seit 1910 Tepserngasse.

Was 2008 den Medien sensationsschwangere Reportagen über den Familien-„Background“ und Diskussionen über die Verrohung der „Society“ Wert wäre, ist im Jahr 1908 bloß eine Randnotiz in den Tageszeitungen. Die k.u.k. Kriminalität blüht und gedeiht, im Laufe des Jahres kommen 1.100 Personen gewaltsam zu Tode, die mit Abstand meisten in Ottakring.

Im 21. Jahrhundert ist der erste Bezirk jener Ort, wo die meisten strafbaren Handlungen passieren. Ottakring kommt erst an 11. Stelle.

Unter den spektakulärsten Wiener Kriminalfällen von 1908 findet sich etwa der Überfall von Johann Deflorian auf die Trödlerin Marie Doman in der Senefeldgasse 3 in Favoriten. Er verletzte sie am 2. April mit 10 Messerstichen. Als sie sich noch bewegte, schrie er für die Nachbarschaft gut hörbar: „Alte, du musst hin werden!“ und stach erneut auf sie ein. Trotz seines unermüdlichen Eifers überlebte sie.

Am 10. Mai kam es zum Mord an der Prostituierten Rosa Goldstein alias „Bucklige Rosa“. Der Täter, Josef Karezmarezyk, besuchte sie als letzter Freier in der Tandelmarktgasse 20 im 2. Bezirk. Tatmotiv: ein paar Kronen.

Ebenfalls im zweiten Bezirk, im Haus Kleine Pfarrgasse 29, wird Rosa Lustig am 25. September ihren 16-jährigen Bruder erstechen. Dieser soll ihr angeblich Vorwürfe wegen ihres lockeren Lebenswandels gemacht haben.

Vier Tage später wird der Maschinenschlosser Cwiklinski vor dem Parlament Schüsse auf zwei Erzieherinnen abfeuern. Der Auswärtige ist von der fixen Idee getrieben, in Wien eine schwerreiche Dame zu ehelichen.

Wenig überraschend: daraus wird nichts. Der vom Wahnsinn Gebeutelte glaubt, sich deshalb an der Frauenwelt rächen zu müssen, und tut dies an zwei Passantinnen, die gerade den Franzensring, den späteren Dr. Karl-Lueger-Ring, überqueren.

Besuchs-Tipp: Wiener Kriminalmuseum, Große Sperlgasse 24, 1020 Wien (www.kriminalmuseum.at).

Am 8. Dezember schließlich wird der Juwelier Robert Frankfurter am Laurenzerberg Nr. 3 im ersten Bezirk Opfer eines Raubüberfalls. Der Verdacht richtet sich zunächst gegen „russische Terroristen". In einer stadtweiten Großfandung wird der Berliner Richard Henkel gefasst, der im Jahr 1909 in seiner Heimatstadt hingerichtet werden wird.

Neben den klassischen kriminellen Figuren eines Mörders oder Räubers bietet die gute, alte Zeit einige Besonderheiten, vor denen die k.k. Polizeidirektion warnt: Eine Melkerin ist eine Prostituierte, die bei Ausübung ihres „unzüchtigen Gewerbes" ihre Liebhaber bestiehlt. Bemerkt dieser das Verbrechen, tritt der Beschützer alias „Strizzi" auf den Plan. Mit seinem Erscheinen kehrt für gewöhnlich schnell Ruhe ein.

Der Ringwerfer hat es auf leicht gläubige Menschen, etwa den Mann vom Lande, abgesehen. Er richtet es so ein, dass beide die vermeintlichen Finder eines wertvollen Rings sind, der in Seidenpapier gewickelt und mit einem Preisschild versehen ist. Der Kriminelle lässt sich vom Opfer die Hälfte des zu erwartenden Finderlohns auszahlen und händigt dem Betrogenen einen in Wahrheit völlig wertlosen Gegenstand aus.

Besonders hinterhältig, weil er es wie der Jahrzehnte später auftretende Hacker auf die Kommunikationseinrichtungen der Stadt abgesehen hat, ist der Telefondrahtdieb. Kupferdraht ist sündteuer und damit bestens verwertbar.

Seit 1904 plagt die Stadt das sogenannte Plattenunwesen. Das Wort „Platte", das aus dem Hebräischen stammt, steht für alles, wohin man flüchten kann. Im übertragenen Sinn heißt „platt": „zu einer Diebsbande gehörig". Die Wiener Platten entsprechen den Pariser „Apachen", den Berliner „Pennbrüdern" und den Londoner „Hooligans".

Der Kenner unterteilt die Platten in „schwere Partien". Diese bestehen aus Leuten, die zielbewusst vorgehen, Arbeitsteilung und die Strukturen eines Unternehmens beherrschen – 100 Jahre später wird man dazu „organisiertes Verbrechen" sagen. Der Anführer, der auch nicht vor Mord und Todschlag zurückschreckt, wird im Jargon „Granat" genannt, der seine Geschäftsstelle im „Granatencafé" hat. Etwas harmloser sind die Kastelspritzer- (Auslagendiebe) und Schränker- (Einbrecher) Platten. Sie haben es auf das Eigentum abgesehen und üben körperliche Gewalt nur im Notfall aus. Für die dritte Gruppe, die „Randalplatten", ist die Gewalt Selbstzweck – je mehr Blut fließt, desto besser. Deshalb gehören Messerstechereien zur populärsten Freizeitbeschäftigung.

Im Mai 1908 hat die k.k. Polizeidirektion am Schottenring 11 das Schwarzbuch der Wiener Platten herausgegeben. Hier werden 59 Banden mit 393 Mitgliedern aufgelistet. Ottakring ist mit 22 Platten der unsicherste Ort der Stadt. Die gefährlichste Bande nennt sich Beer-, die harmloseste ist die Kornplatte. Die Angehörigen der zweiten Gruppe treffen sich für gewöhn-

An dieser Adresse steht heute das Hilton Vienna Plaza, Österreichs erstes Designerhotel.

lich im Branntweinverschleiß des St. Marxer Brauhauses, um nach ausgiebigen Kornkonsum die Nachruhe der Wiener zu unterwandern. Zum Glück bereits aufgelöst: Die Mädchenplatte mit leichtfertigen Damen und ihren schwer alkoholisierten Beschützern.

Das St. Marxer Brauhaus bestand bis 1913, wo es mit den Brauerein Schwechat und Simmering fusionierte.

Trotz der massiven Sicherheitsbedrohung und der jungen Geschichte – die ersten ernstzunehmenden Organisationsstatuten stammen aus dem Jahr 1873 – stehen die heimischen Ordnungshüter dem Verbrechen nicht hilflos gegenüber. Europas modernste Einrichtung zur Verbrechensbekämpfung ist das 1904 eröffnete Polizeigebäude auf der Elisabethpromenade im 9. Gemeindebezirk – im Volksmund nach dem Standort fast liebevoll „Liesl" genannt. Sensationell ist das integrierte Gefangenenhaus. Zentralheizung, Desinfektionsräume und Badeeinrichtungen machen den Aufenthalt so angenehm wie möglich.

Im Jahr 1919 erhält die Elisabethpromenade den plumpen Namen Roßauer Lände.

Ebenfalls im neuen Polizeigebäude untergebracht: das Erkennungsamt, das seit knapp 10 Jahren im Dienste der Exekutive steht. Um Tatverdächtige zu identifizieren, kam zunächst die Anthropometrie nach dem System des ein französischen Anthropologen Alphonse Bertillon zur Anwendung. Bei dieser Methode werden elf Körpermaße registriert wie zum Beispiel Länge und Breite des rechten Ohres sowie die Sitzhöhe – ganz im Geiste des 19. Jahrhunderts, in dem kein Ding vor dem Maßband sicher war. Seit 1903 setzt die Polizei auf die Daktyloskopie, hinter der sich nichts anderes als die Abnahme und Verwaltung von Fingerabdrücken verbirgt. Darüber hinaus erleichtern hochmoderne Einrichtungen wie das Verbrecheralbum und Fotos vom Tatort den Ermittlungsalltag – „C.S.I. Vienna" anno 1908.

Die Sicherheitswache besteht aus knapp über 300 Inspektoren und 3.500 Wachmännern. Von letzteren beherrschen immerhin fast 800 die böhmische Sprache,

Knapp 4.000 Polizisten sorgen heute für die Sicherheit der Wiener.

aber nur 20 Englisch. Touristen aus dem angloamerikanischen Raum erkundigen sich also besser an der Hotelrezeption. Dazu kommen die 70 Inspektoren und 530 Agenten des Polizei-Agenteninstituts, des späteren Bundeskriminalamts. Sie identifizieren einen Agenten am prototypischen Aussehen – starker Schnurrbart, kurzer Pelz, massive braune Schuhe mit Doppelsohle – und der Bewaffnung in Form von Revolver und Schlagring. Eine perfekte Tarnung: Ohne Vorzeigen der obligaten Erkennungsmarke würden Sie als amtsgehandeltes Individuum niemals erkennen, dass es sich hierbei nicht um die Darstellung eines gemeinen Ganoven handelt, sondern um einen sehr bemühten Exekutivbeamten in Zivil, dem nichts mehr auf dem Herzen liegt als Ihre Sicherheit.

Eine Wiener Besonderheit ist die k.k. Gewölbeschutzwache: 130 Wachmänner stehen ausschließlich für den Schutz der Geschäfte des ersten Bezirks zur Verfügung. Sie werden auch von diesen bezahlt.

Einen großen Raum polizeilicher Aktivitäten nimmt das Schubwesen ein. Von der möglichen Vertreibung betroffen sind nicht nur Ausländer, sondern auch Inländer, die im Fall der Fälle in ihre Heimatgemeinden außerhalb Wiens zurückgeschickt werden – damit wird aus einem „Schübling“ ein „abgeschafftes Individuum“, so das Beamtendeutsch von 1908.

Die Wut der Exekutive richtet sich gegen „Landstreicher und sonstige arbeitsscheue Personen“, „ausweis- und bestimmungslose Individuen“, „öffentliche Dirnen“ sowie „aus der Haft tretende Sträflinge und Zwänglinge, insofern sie die Sicherheit der Person oder des Eigentums gefährden." Kurz: Treffen kann es jeden, zum Beispiel einen verirrten Niederösterreicher, der auf die scharf vorgetragene Frage des Wachmannes – „Können'S Ihnen legitimieren?" – nichts vorzuweisen hat als ein erbärmliches Gestotter. Nehmen Sie also immer den Pass mit. Wenn Sie als Nicht-Wiener in den Gemeindeverband aufgenommen werden wollen, müssen Sie bis zu 400 Kronen (ca. 1.200 Euro) entrichten. Ausländer zahlen das Doppelte.

Alleinstehende Frauen sind nach dem österreichischen Moralkodex von Haus aus suspekt. Der Schriftsteller Karl Kraus hat in seinem Buch „Sittlichkeit und Kriminalität", das 1908 erscheint, unzählige Fälle dokumentiert und in seiner eigentümlich scharfen Art kommentiert, in denen vor allem junge und hübsche Damen Opfer von wahnwitzigen Treibjagden geworden sind. Es reichen eine anonyme Anzeige oder ein Spaziergang ohne männliche Begleitung, um in den Verdacht der „geheimen Prostitution" bzw. „gewerbsmäßigen Unzucht" zu gelangen. Zu der zu erwartenden gerichtlichen Strafe – ob schuldig oder nicht, ist zweitrangig – kommt noch die beschämende Berichterstattung der Tageszeitungen hinzu, in der alle Details aus dem Privatleben der verdächtigen Frauen genüsslich breitgetreten werden – so wie es hundert Jahre später der Medienalltag sein wird.

Buch-Tipp: Karl Kraus: Sittlichkeit und Kriminalität (1908). Der gesamte Text findet sich unter www.textlog.de.

Um der Polizei in Sachen Moral noch mehr Durchschlagskraft zu verleihen, wurde im März das Bureau für sittenpolizeiliche Agenden gegründet. Die Hauptaufgabe: „gefallenen Mädchen" den Weg zu einem ordentlichen Lebenswandel zu erleichtern. Ein weiteres Betätigungsfeld ist die Eindämmung des in ganz Österreich-Ungarn grassierenden Mädchenhandels. Dieser geht vor allem von Galizien aus, wo tausende Halbwüchsige eingefangen und weltweit verschifft werden. Beliebtester Zielhafen ist die argentinische Hauptstadt Buenos Aires.

Aber auch Wien ist Drehscheibe des Handels mit Menschenfleisch. Bekanntester Fall ist die sogenannte Affaire Riehl, die im Jahr 1906 durch alle Zeitungen geisterte. Regine Riehl, Inhaberin eines stadtbekannten Bordells, wurde wegen Freiheitsraubes und wirtschaftlicher Ausbeutung ihrer Mädchen angezeigt. Bei der Verhandlung zeigte sich, dass das Bordell von der zuständigen Aufsichtsbehörde regelmäßig „revisioniert" worden war – ohne Konsequenzen allerdings. Die Chefin im Originalton: „Madeln, verführt's mir den dicken Kommissär, aber nehmt's kein Geld von ihm."

Übrigens: Anlass des Massakers in der Spittelauergasse ist der heutige 14. Geburtstag der Hilfsarbeiterin Anna Dressel. Laut Tagespresse unterhält sie seit längerem ein Liebesverhältnis mit dem 31-jährigen Rädermacher, der an diesem Juni-Tag gemeinsam mit dem Fleischhauergehilfen Hajek und mit einem Hirschfänger bewaffnet in der Wohnung der Mutter von Anna, Josefa Sonnbauer, auftauchte, um das Mädchen abzuholen. Da die Sonnbauers, Mutter sowie die zwei Söhne Wilhelm und der bereits wegen Totschlag abgestrafte Anton, sich weigern, die Tochter herauszugeben, kommt es unmittelbar zur Schlacht, wobei die Wohnungseinrichtung demoliert und alle Beteiligten durch Stich-, Hieb- und/oder Schussverletzungen zu Boden gestreckt werden. Auf wunderliche Weise werden die fünf den blutigen Sonntag überleben.

„Die Dame ohne Unterleib – harmlos, gefühlvoll, unbezahlbar!“

Was macht der typische Wiener von 1908 mit seiner kargen Freizeit? Er schlägt sie tot. Wenn er aber einmal Lust nach Zerstreuung verspürt, dann lässt er es ordentlich krachen. Es folgt eine kurze Anleitung für das bisschen Glück zwischendurch.

17. JUNI: WETTER

HEISS UND WOLKENLOS

TAGES-CHRONIK

BUDGETDEBATTE: DISKUSSION ÜBER EINFÜHRUNG EINER UMSATZSTEUER UND DER PROGRESSIVEN ERHÖHUNG DER EINKOMMENSSTEUER ⋆ SCHWER VERLETZT: DER 10-JÄHRIGE KONDUKTEURSSOHN ALFRED PUCHBERGER, ANSCHÜTZGASSE NR. 21, WIRD VOR DER VOLKSSCHULE IN DER SIEBENEICHENGASSE VOM AUTOMOBIL A 952 ÜBERFAHREN ⋆ UNTERGEGANGEN: DER SCHLOSSERGEHILFE ANTON WISCHEK ERTRINKT IM NEUEN TEICH DES SCHWARZENBERGPARKES, WIEN 17 – VERMISST: DER 14-JÄHRIGE BÜRGERSCHÜLER AUGUST SCHROM STÜRZT NÄCHST DER SOFIENBRÜCKE IN DEN DONAUKANAL

Fahren Sie mit einer der Straßenbahnlinien A_R, B_R oder R_R vom Parkring zum Praterstern im zweiten Bezirk. Vor Ihnen das Viadukt der Nordbahn, wo die Kassen zu Wiens größtem Unterhaltungszentrum stehen. Zahlen Sie 1 Krone (ca. 3 Euro) für die Tageskarte – gegen 15 Kronen und der Beibringung Ihrer Fotografie bekommen Sie eine Dauerkarte für die gesamte Saison. Hinter dem Tunnel passieren Sie die Gasse der Blumenweiber und den Würstelmarkt. Stärken Sie sich, bevor Sie dem Alltag leise Servus sagen. Wenige Schritte nur, und Sie befinden sich in der schönsten Stadt der Welt: Venedig.

Venedig in Wien, ein Traumgebilde zwischen Ausstellungsstraße und Prater Hauptallee. Es wurde vom Unterhaltungsspezialisten Gabor Steiner im Jahre 1895 errichtet und bietet Kanäle mit einer Gesamtlänge von über einem Kilometer sowie die originalgetreuen Nachbauten der berühmten Paläste der Lagunenstadt.

Auch Gabor Steiners Sohn Max verschlug es in die Unterhaltungsbranche. Er schrieb die Filmmusik zu „Casablanca“ und „Vom Winde verweht“

Zur Ihrer Rechten sehen Sie, meine Herrschaften, den Palazzo Priuli mit elegant geschwungenen Eselsrückenbogen und den charakteristischen Erkerfenstern. Im Inneren befindet sich das Wechselhaus und Reisebüro Schenker & Co. Das ist jetzt nicht so interessant, daher lenken Sie das Auge auf den Palazzo Seriman am Canale dei Sartori. Der reiche Bau aus dem XVII. Jahrhundert bietet eine echte Hetz. Hier quellen Ströme heimischen Goldweins in den Kellern. In dem reizenden Gärtchen, das sich hinter dem Hause ausdehnt und von dem bespülenden Kanal feuchte Luft erhält, spielen die „Grinzinger“ ihre urwüchsigen Wiener Lieder und Tänze.

Apropos: Die Gondeln werden von waschechten Italienern gelenkt – allen voran Luigi Bassi, der weder

über Stimme noch Komik verfügt. Er wird als „schöner Luigi“ in die Geschichte eingehen.

So herrlich die nachgebaute Lagunenstadt auch ist – 1897 kam auch noch das Riesenrad hinzu: Bereits im Jahr 1901 verschwanden alle venezianischen Bauwerke, damit auch die Kanäle und die einstmals so beliebten Gondeln. Der Grund: Der Themenpark war den Wienern bereits nach sechs Jahren fad geworden. Gabor Steiner ließ das gewaltige Areal daraufhin mehrmals umbauen, wie zum Beispiel zur „Internationalen Stadt“ oder „Elektrischen Stadt“ mit einer Lichterflut von 10.000 Glühbirnen.

Seit 1. Mai 1908 präsentiert sich Venedig in Wien in neuem Glanze. Frisch renoviert sind das Moulin Rouge, das elektrische Marionettentheater, die bayrische Festwiese, die heuer mit der Aufführung von „Auf der Alm, da gibt's ka Sünd“ unterhält, sowie die Olympiaarena mit Platz für 1.000 Darstellern und 4.000 Zusehern – die größte Freilichtbühne des Kontinents. Gerade zu Besuch sind Meister Havemann und seine dressierten Raubtiere. Der Höhepunkt der Show: Der haarlose Dompteur lässt sich von einem Tiger die Glatze abschlecken, die er zuvor mit Fett eingeschmiert hat.

Neu errichtet ist der Sportpalast, der den heimischen Rollschuhläufern zur Verfügung steht. Mit dem englischen Champion Mr. Bridge haben die Wienerinnen einen professionellen Trainer an der Hand, der zwar kein Wort Deutsch spricht, dafür aber extraordinary schön gewachsen ist. Ebenfalls aus England stammt Miss Ruby Helder, „das Mädchen mit der Baritonstimme", das im Juni ein Gastspiel absolviert. Das Besondere an der leider nur wenig attraktiven 18-jährigen: Sie trägt einen Bubikopf – ein Haarstil, der erst in den 20er-Jahren in Mode kommen wird – und sie hat bis auf drei Noten den selben Stimmumfang wie der Startenor Enrico Caruso aus Bella Italia. Dieser ist von Helder so angetan, dass er sie an der Metropolitan Opera in New York unterbringt.

Bodenständiger geht es im Sommertheater zu. Hier wird am 26. Juni die Operette „Das Glücksschweinchen" mit der hinreißend feschen Fritzi Massary als Bebè uraufgeführt. Der Abend beginnt allerdings mit einem Riesenskandal, da die monströsen Damenhüte die Aussicht auf die Bühne verdecken. Nach der erzwungenen Abnahme derselben ist der Erfolg ein unglaublich kolossaler.

Der neben Venedig in Wien gelegene Wurstelprater wartet mit echten Weltsensationen auf. Selbst die

Aristokraten kommen hier her, wenn sie sich eine Hetz machen wollen und Volk spielen. Hier, meine Herrschaften, sehen Sie die Dame ohne Unterleib – harmlos, gefühlvoll, unbezahlbar! Daneben der Gebirgsriese aus der Steiermark, er ist sechs Schuh drei Zoll hoch (ca. 1m 98) und wurde auf der letzten Weltausstellung mit zahlreichen Medaillen ausgezeichnet. Keine Angst, er ist gutmütig. Dann die Zwergen-Familie: Vater Zwerg, Mutter Zwerg, Großmutter Zwerg, Schwiegervater Zwerg. Lauter klane Zwergl. Vor zweihundert Jahren hätten sie Hofnarren werden können, mit den Prinzen und Herzögen auf du und du, und heute, meine Herrschaften, tanzen sie für Sie den Donauwalzer. Einziger Wermutstropfen: Für die Attraktionen müssen Sie ordentlich in die Tasche greifen.

Buch-Tipp: Mattl, Siegfried/Müller-Richter, Klaus (Hgg.): Felix Salten – Wurstelprater. Ein Schlüsseltext zur Wiener Moderne. Mit Originalaufnahmen von Emil Mayer (Promedia 2004).

Eine absolut kostenlose Prater-Beschäftigung ist es, feinen Leuten beim Essen zuzusehen. Stellen Sie sich hierzu an den Zaun des Gartens eines der zahlreichen Nobelrestaurants. Neben Ihnen, in den dicht besetzten Reihen, eine dickliche Dame mit ihrer Tochter. Beide beobachten gerade ein elegantes Paar beim Verzehren seltener Delikatessen.

„Schaust rechts, der Herr, der jetzt den großen Buschen Spargel auf den Tisch bekommt, das ist der Graf Rudi Herthenstein", sagt die Mutter laut, denn im Hintergrund bläst gerade eine Militärkapelle dem Publikum den Radetzkymarsch.

„Wie heißt da Herr mit dem Spargel, wenn ich fragen darf?“ raunt ein weiter hinten stehender Zuseher.

„Herthenstein, Rudi Herthenstein!“

„Ah, da Herthenstein!“

Dann tritt eine erwartungsvolle, tiefe Stille ein, denn das Publikum will die exotische Prozedur des nun stattfindenden Krebsessens in jeder Einzelheit beobachten.

Der Prater mag ja amüsant sein – wer die Freizeit lieber mit sinnvoller Unterhaltung verbringt, der trete einem der 11.027 Vereine Wiens bei, die meist in den Hinterzimmern heruntergekommener Wirtshäuser ihr kulturelles Zentrum haben. Am populärsten sind Spar- und Losankaufvereinigungen (3.500), doch selbst künstlerische Klubs erfreuen sich regem Zulauf. So sind 17 Zither-Vereine registriert, wie zum Beispiel „Almenrausch“ in der Große Stadtgutgasse 11 (2. Bezirk) oder der „1. Österreichische Arbeiter-Zither-Verein“ in der Ottakringerstraße 36 – ausgerechnet in jener Gegend, wo ein jeder einen Feitel im Hosensack hat – „Jesas, i bin g'stochen!“ erschallt es nächtens auf den Straßen zu den verträumten Klängen der Proletarier-Zither.

Web-Tipp: www.antonkaras.at. 1908 war Österreichs bekanntester Zitherspieler zwei Jahre alt. Einige Jahre später erlangte er mit der Filmmusik zu „Der dritte Mann“ Weltruhm.

Heute, wie jeden Mittwochabend um halb 9, treffen sich Freunde, um bei schwarzem Kaffee und Kuchen in Massen Gratis-Zigaretten und -Zigarren zu konsumieren. Der Verein, der am 15. April 1908 gegründet wurde, ist jedoch kein Raucherklub sondern die legendäre Wiener Psychoanalytische Vereinigung in der Berggasse 19 im 9. Bezirk. Den Vorsitz führt der nikotinsüchtige Siegmund Freud.

Weitere Höhepunkte der Geselligkeit: „Verein gegen Ausschreitungen im Automobil- und Radfahrverkehr“

(Laudongasse 3), „Glückauf, Wiener Gesellschaftsklub der Taubstummen“ (Petersplatz 3, Bier- und Weinhaus „Zur alten Schnecke“) sowie der Wiener Coleopterologenverein (Währingergürtel 124) – die weltweit erste eigenständige Vereinigung von Käferforschern.

Web-Tipp: http://wcv.nhm-wien.ac.at. Der WCV feierte 2006 sein 100-jähriges Bestehen.

Wer partout keine Ambitionen hat, vereinsmäßig Kleinsttiere aufzuspießen, der geht ins Wirts- oder Kaffeehaus, um die Zeit mit Karten totzuschlagen. Die Auswahl ist nicht groß, denn die Mehrzahl der Spiele ist verboten: Auf Poker, Einundzwanzig, Bakkarat, Tarteln, Kartentombola oder deren Abart „Gottes Segen bei Kohn“ steht eine Strafe zwischen 20 und 1.800 Kronen (ca. 5.500 Euro). Unter den Zuhältern besonders beliebt und ebenso illegal ist Naschi Waschi, das auch als „Stoßspiel“ bekannt ist. In der Regel beginnen Sie Ihre Spielerkarriere im Rotlichtmilieu als „Schmierer“, der die aktiven Spieler vor der Polizei warnt, und enden als „Saugerl“, der den Spielern Geld zu Wucherzinsen leiht. Oder Sie gehen mit nicht zu tilgenden Schulden am Buckel ins Wasser.

Übrigens: Wenn es das Wetter zulässt – so wie heute –, ist ein Ausflug in die herrliche Umgebung Wiens eine willkommene Abwechslung im grauen Alltag. Fahren Sie mit der Linie 36 von der Börse ab. Bei der Endstation Nussdorf steigen Sie in Österreichs erste Zahnradbahn, die mit 12 km/h auf den Kahlenberg ruckelt. Hinunter geht es zu Fuß. Die Wiener kommen mit Kind, Kegel und dem Schnitzerl vom Vortag und erfreuen sich an der Natur, indem sie die Blumen des Kahlenbergs büscheweise ausreißen. Die Bezirksvertretung Döbling schäumt. Sie verlangt Aufklärung in den Tageszeitungen und Vermeh-

Die 1874 eröffnete Kahlenbergbahn wurde 1921 eingestellt.

rung des Sicherheitspersonals, die den Ausflüglern die Buschen wegnehmen sollen. „Ein guter Mensch beschädigt keine Pflanze!“ steht ab sofort auf den Hinweisschildern.

Ein weiteres lohnendes Ausflugsziel ist die verschlafene Kleinststadt Mödling im Süden Wiens – jedoch nicht am heutigen Tag. Dort kommt es nämlich auf der Straßenbahnlinie Mödling-Hinterbrühl zur Katastrophe. Auf der eingleisigen Strecke stoßen bei der Station Klausen um 16 Uhr zwei Züge zusammen, wobei Romana Belitz aus dem 2. Bezirk schwer verletzt wird. Ihre Mutter, Julie Belitz, beißt sich gar die Zunge ab.

Am schönsten ist es halt doch in den eigenen vier Wänden. Machen Sie es sich am Küchentisch gemütlich und greifen zu einem guten Buch. Jede Woche erscheint in der Reihe „Rund um die Welt – Erlebnisse und Schicksale merkwürdiger Menschen“ eine mitreißende Erzählung. Pro Band zahlen Sie bloß 25 Heller (ca. 75 Cent). Empfehlenswert sind „Doktor Ferlier, der Wunderarzt der Seele“, „Die Geheimnisse des Irrenhauses“, „Der Würger von Bombay“ und „Holmes, der Versicherungsmörder“. Interessante Alternativen sind die gesammelten Werke von Goethe oder Schiller – aber nur, wenn Sie grad’ nix anderes zu Haus’ haben.

„Fesch ist er ja, der Herr Leutnant!“

Sie können fast ausschließlich von Luft und Liebe leben? Da bietet sich der Dienst als Offizier der k.u.k. Armee an – wenn da nicht die bedrohlichen Schatten wären, die der Erste Weltkrieg vorauswirft.

18. JUNI: WETTER

EXTREME HITZE

TAGES-CHRONIK

FRONLEICHNAMSPROZESSION BEI ST. STEFAN: DER KAISER HAT AUF TEILNAHME VERZICHTET * REGIMENTSFEIER DER HOCH- UND DEUTSCHMEISTER NR. 4: GEDENKTAG DER SCHLACHT BEI KOLIN * IM LETZTEN MOMENT GERETTET: DER KELLNER ALBIN LUKA STÜRZT MIT FAHRRAD IN DEN DONAUKANAL * SILBERNE HOCHZEIT VON OBERMAGISTRATSRAT APPEL: UNTER DEN GÄSTEN BÜRGERMEISTER LUEGER MIT SCHWESTER HILDEGARD

In der ältesten barocken Gartenanlage Wiens findet sich weiters die weltberühmte Porzellanmanufaktur Augarten, das Film Archiv Austria, ein hässlicher Flakturm und ein gemütliches Seniorenheim.

Das Augartenpalais im 2. Wiener Gemeindebezirk, wo ab 1948 bis heute die glockenreinen Stimmen der Wiener Sängerknaben erschallen werden. 1908 residiert hier Erzherzogin Maria Josefa, die Mutter des späteren und letzten österreichischen Kaisers: Karl I.

Lassen Sie sich von der prächtigen Architektur des Palais nicht allzu sehr beeindrucken, beachten Sie besser den Wachposten vor dem Eingangstor. Grau in Grau stellt er seinen Mann, graue Kappe, grauer Waffenrock, graue Feldbluse, graue Wickelgamaschen. Der Name des Soldaten: Otto Mayerhofer, Infanterist. Sein Schicksal wird am nächsten Tag in den Zeitungen stehen, denn kurz nach 14 Uhr schlägt die unmenschliche Hitze zu, und Mayerhofer gleitet ohnmächtig in den Staub. Die Dienerschaft des Palais trägt ihn ins Vestibül. Man öffnet den Rock und labt ihn. Erzherzogin Maria Josefa kümmert sich persönlich um den Maroden, indem sie ihm Kognak reichen lässt.

Schließlich bringt man Mayerhofer ins Garnisonsspital Nr. 1 in der Van-Swieten-Gasse Nr. 1 im 9. Bezirk – ein Krankenhaus, in dem schon Wiens Literaturprominenz gedient hat. Der junge Medizinstudent Arthur Schnitzler meldete sich hier als so genannter Einjährig-Freiwilliger des Jahres 1883, womit er einen deutlich bequemeren Dienst am Vaterland gewählt hat als der Wachposten des Augartenpalais.

Der Einjährig-Freiwillige erspart sich nämlich die obligaten drei Jahre Wehrdienst, die jeder Mann ab dem 20. Lebensjahr auf sich nehmen muss. Voraussetzungen für den verkürzten Aufenthalt sind Matura und die Bereitschaft, die Ausbildung auf eigene Kosten zu absolvieren. Dafür kann sich der Einjährig-Freiwillige nach einem Jahr in den Reservestand versetzen lassen und auf Wunsch Prüfungen zum Reserveoffizier ablegen. Auf dem Weg dorthin: der Dienst als k.u.k. Einjährigfreiwilligenkorporaltitularzugsführerkadettoffiziersstellvertreter.

Während der kollabierte Infanterist Otto Mayerhofer im Garnisonsspital behandelt wird, findet in der Rennweger Kaserne (Rennweg 89–93) im dritten Gemeindebezirk eine ergreifende Feier statt. Die Kaserne, von der 100 Jahre später nur mehr wenig übrig sein wird, ist seit 25 Jahren die Heimat der Hoch- und Deutschmeister Nr. 4, des berühmten Wiener Hausregiments.

Anlass für die besinnliche Stunde ist der Gedenktag der am 18. Juni 1757 ausgefochtenen Schlacht bei Kolin in Böhmen, in der das österreichische Heer die Preußen vernichtend schlagen konnte – was selten genug vorkam, denn in der Regel war es umgekehrt. Der 23-jährige Korporal Wilhelm August Jurek hat mit dem ins Ohr gehenden Deutschmeister-Regimentsmarsch dafür gesorgt, dass der glorreiche Sieg, bei dem die Einheit federführend beteiligt war, selbst im 21. Jahrhundert nicht vergessen ist. Zumindest musikalisch:

Wilhelm August Jurek (1870-1934) schenkte seiner Heimatstadt über 300 Kompositionen. Nach ihm ist die Jurekgasse in Wien Rudolfsheim benannt.

„Die Schlacht, zum Beispiel bei Kolin, wie's jeder wissen thuat,
Beweist doch gleich, was all's im Stand is's Weanabluat.
Und so wie's die vor uns hab'n g'macht, so kämpfen wir auch heut'
Und geb'n ,n letzten Tropfen Bluat für's Vaterland voll Freud!"

Und jetzt alle:
„Mir san vom ka und ka Infantrie-Regiment
Hoch und Deutschmeister Numm'ro vier!"

Nach dem Festgottesdienst in der Rennweger Kaserne begibt sich eine Abteilung von Offizieren, bestehend aus Oberst Maximilian Edler von Hauser, Hauptmann Anton Köller, Oberleutnant Maximilian von Gottl und Leutnant Friedrich Langer zum Deutschmeisterdenkmal, das am Schottenring im ersten Bezirk seine Heimat hat. Am Fuße der im Jahr 1906 eingeweihten Statue legen die Offiziere in blauer Uniform einen prächtigen Kranz nieder, umringt von unzähligen Schaulustigen, die sich den Auftritt der strammen Burschen nicht entgehen lassen.

Web-Tipp: Unter www.mlorenz.at findet sich eine detaillierte Übersicht der Einheiten, Uniformen und Orden der bewaffneten Macht Österreich-Ungarns.

Kein Wunder, gelten die Offiziere der k.u.k. Armee – hier besonders die Leutnants – als Inbegriff der Schneidigkeit: Ein winziger, aufgezwirbelter Schnurrbart, das sonnenblonde, in der Mitte gescheitelte Haar, die schmalen Schultern, der klirrende Säbel, die glatten, feurig gewichsten Zugstiefel, der forsche Gang.

Das Ansehen der Leutnants in der Öffentlichkeit ist in gewissen Kreisen hervorragend, vor allem bei jungen Mädchen, unglücklich verheirateten Frauen und älteren Kameraden, die der Damenwelt gleichgültig gegenüber stehen. Die Beschreibungen der blutjungen Offiziere in der Presse erinnern an die Eskapaden späterer Popstars: Nacktbaden in einem öffentlichen Brunnen mit quiekenden Tänzerinnen, hier ein verwüstetes Hotelzimmer, dort ein verprügelter Nachtwächter und über allem pikant-riskante Liebesgeschichten. Im Allgemeinen ist für Leutnants eine Anwesenheit in der Kaserne von 7 bis 11 Uhr vormittags und von 2 bis 5 Uhr nachmittags erforderlich. Da bleibt genug Zeit, liebesbedürftige Zeitgenossen glücklich zu machen.

Das kann aber auch schief gehen, vor allem wenn irgendwo ein eifersüchtiger Ehemann lauert. Das führt leicht zum Duell, der klassischen Möglichkeit, sich als Gentleman zu beweisen. Voraussetzung: Eine Beleidigung, ausgesprochen von einer satisfaktionsfähigen Person, das heißt, dass die Ebenbürtigkeit des Gegners gegeben sein muss.

Beleidigung ist jedoch nicht gleich Beleidigung. Der militärische Ehrenkodex teilt die Sauereien in vier Gruppen. Die Beleidigung ersten Grades nennt sich Affront und beschreibt Fälle, wo der Offizier in seiner Eigenliebe, Empfindlichkeit und Wertschätzung verletzt wird. Der zweite Grad, Insult genannt, liegt dann vor, wenn man die Ehre als Gentleman in den Schmutz zieht. Der dritte Grad ist erreicht, sobald eine Beschimpfung à la „Falott" fällt. Die schwerste Form von Beleidigung: Jemand tritt die Familienehre mit Füßen. Und falls der Offizier tätlich angegriffen wird – üblich ist die beidseitige Ohrfeige, ausgeführt mit einem Paar Handschuhen –, dann bleibt ohnehin nur mehr der Griff zum Säbel oder zur Pistole.

Sobald Sie als Offizier mit einer dieser Ungeheuerlichkeiten konfrontiert werden, haben Sie folgende Maßnahmen zu setzen: Sie ernennen zwei Vertreter, die dem Beleidiger die Forderung nach Genugtuung überbringen. Dieses hat in schriftlicher Form zu geschehen, Musterbriefe finden Sie in jedem einschlägigen Werk.

Bis 1900 sind mehr als 5.000 Bücher erschienen, die sich mit Duellfragen beschäftigen.

Nach der Wahl der Waffen und der Feststellung der Tauglichkeit der Duellanten – Sie müssen zwischen 21 und

60 und fähig sein, das Werkzeug zur Wiederherstellung Ihrer Ehre fest in Händen zu halten – geht es ins Feld. Meist eine verschwiegene Wiese im Prater, wo sich sonst nur Liebespaare vergnügen. Sie tragen Überrock, Zylinderhut und dunkle Beinkleider. Sie dürfen den Rockkragen aufschlagen, um durch den weißen Hemdkragen dem Gegner kein allzu deutliches Ziel zu bieten.

Nach einer kurzen und in der Regel durchsoffenen Nacht – es könnte ja Ihre letzte sein – drückt Ihnen einer der Sekundanten die kalte Waffe in die eisige Hand. Vereinbart ist ein Pistolenduell bei festem Standpunkt und gleichzeitiger Schussabgabe. Distanz: 16 Schritte, was dem erlaubten Mindestabstand entspricht. Der Kampfleiter befiehlt das Spannen des Hahnes, wobei die Mündung der Pistole gegen den Boden zu richten ist. Auf das Kommando „Feuer!" erheben Sie Ihre Waffe, um bei „Drei!" abzudrücken.

Übrigens: Das Duell ist strengstens untersagt und wird mit drakonischen Strafen belegt. Andererseits führt die Verweigerung eines Duells zum Ausschluss aus dem Regiment, aus dessen Sicht die Ehre und die Verteidigung derselben zu den wichtigsten Aufgaben eines Soldaten gehören. Sie haben als Beleidigter also die Wahl zwischen Pest und Cholera.

Ansonsten bietet das Soldatenleben recht wenig Amüsement. Der letzte Feldzug Österreichs war vor 30 Jahren. Und die großen militärischen Happenings wie Frühjahrsparade und Herbstmanöver bringen auch nur kurzfristig Abwechslung.

Frühjahrsparade Seite 12.

Ruft das Militär, ist Franz Joseph I. zur Stelle. Am liebsten mit seiner alten schwarzen und etwas verstaubten Offiziersmütze am weißen Haupt, dazu der alte Mantel, innen verblasstes Rot, die schwarzen, ungebügelten Hosen mit den breiten, roten Generalsstreifen. Er sieht nicht nur aus wie ein pensionierter Landwehroberst, er denkt auch so.

Die kaiserliche Liebe zur Armee kommt nicht von ungefähr, denn diese stellt aus Sicht des Herrschers das perfekte Gesellschaftssystem dar: Gehorsam dem Vorgesetzen gegenüber, Verantwortung für den Untergebenen und Solidarität mit dem Gleichgestellen. Konflikte werden mit Hilfe strenger, aber einfacher Regeln gelöst – ein praktisches Werkzeug, denn Österreich-Ungarn ist ein Vielvölkerstaat, in dem es ordentlich brodelt. Das Schreckensgespenst Nationalismus geht um. Nicht so im Heer. Offiziere werden multikulturell ausgebildet und bekennen sich zu einer gemeinsamen Heimat, die da heißt: Österreich-Ungarn und das eigene Regiment. Und obwohl die Habsburger der Inbegriff eines katholischen Herrscherhauses sind, gibt es in der Armee keinerlei Beschränkungen in der Ausübung anderer Religionen. Damit gilt die bewaffnete Macht paradoxerweise als Vorbild für ein friedvolles Miteinander.

Als Dankeschön bietet der Kaiser zahlreiche Privilegien. Offiziere haben etwa automatisch Zugang zum Hof, Beamte nicht. Dazu bekommen sie nach 30-jähriger Dienstzeit das Adelspatent. Was es vom Kaiser nicht gibt: ausreichend Geld, obwohl die Ausgaben horrend sind. Der Gagenzettel eines Oberleutnants der Kavallerie weist ein monatliches Bruttoeinkommen von 250 Kronen aus. Ausbezahlt werden lediglich 56 Kronen (ca. 160 Euro), der Rest wird für den Unterhalt seines Pferds, Rückzahlungen für das Tier sowie Reitausrüstung oder Uniform abgezogen. Viel zu wenig, um ein standesgemäßes Leben zu führen. Nicht umsonst ist „Schulden wie ein Offizier" ein gängiges Sprichwort.

Es gibt mindestens zwei Wege, um als Offizier abseits der Kaserne an einen Batzen Geld zu kommen.

Liebessachen Seite 147.

1. Die gute Partie: Eine Frau zu ehelichen, ist keine einfache Sache. Einerseits ist die Zahl der Offiziere eines Truppenkörpers, die heiraten dürfen, streng limitiert. Andererseits kommen nur Partner in Frage, die weder eine

Belastung für die Staatskasse sind noch durch die Herkunft oder das Verhalten die Ehre der Truppe in Gefahr bringen. Die schwierigste Hürde ist die saftige Heiratskaution, die hinterlegt werden muss, um im Fall der Fälle die Witwe versorgen zu können – je niedriger der Rang, desto höher die Summe. Von einem Leutnant beispielsweise verlangt man das 30-fache seines Jahreseinkommens. Mit anderen Worten: Möchte ein Mädchen einen jungen Offizier zum Ehegatten, müssen die Eltern umgerechnet 180.000 Euro auf den Tisch blättern. Die familiäre Begeisterung hält sich angesichts dieser Summe und des fraglichen Images des Leutnant-Standes meist in Grenzen.

Es gibt aber auch Geschichten mit Happy End. Im April 1908 zog der 28-jährige Leutnant Ludwig Kada des in Wien stationierten Husarenregiments Nr. 4 das große Los: In New York ehelichte er Miss Mary Seymour, die Tochter eines amerikanischen Multimillionärs. Die beiden hatten sich im Winter bei einem Wiener Ball kennen gelernt. Die „Zauber der Montur" strahlt eben weit über die Landesgrenzen hinaus.

2. Spionage: In der k.u.k. Armee gibt es einen Oberstleutnant, der sich dem Höhepunkt seiner Karriere nähert. Als Stellvertreter des Chefs des Evidenzbüros im Reichs-Kriegsministerium an der Adresse Am Hof 14 im ersten Bezirk ist er mit der Spionageabwehr betraut. Seine Leistungen sind vorzüglich, im 1909 wird ihm sogar der Orden der Eisernen Krone III. Klasse verliehen. Die Liste der Förderer und Freunde ist lang, so pflegt er ein enges Verhältnis mit General Theodor Körner Edler von Siegringen.

Theodor Körner (1873-1957), General, SPÖ-Politiker, Wiener Bürgermeister der erste vom Volk direkt gewählte österreichische Bundespräsident.

Auch privat läuft alles wie geschmiert. Der 44-Jährige

bezieht 1908 eine luxuriöse Wohnung in der Wickenburggasse Nr. 10 im 8. Bezirk – in der unmittelbaren Nachbarschaft des Schriftstellers Stefan Zweig. Zudem fährt er eines der teuersten Automobile der Monarchie, eine Spezialanfertigung. Dass sein aufwändiger Lebensstil mit dem bescheidenen Einkommen eines Offiziers niemals finanziert werden kann, fällt niemandem auf. Auch seine privaten Aktivitäten nicht: Seit dem Jahr 1903 verkauft er im großen Stil Geheiminformationen an Russland. Erst 1913 fliegen seine Spionagetätigkeiten durch einen Zufall auf. Der Name des mittlerweile zum Oberst beförderten Offiziers: Alfred Redl, der sich kurz nach seiner Enttarnung im Hotel Klomser, Herrengasse Nr. 19, das Leben nimmt.

Egon Erwin Kisch (1885-1948), Prager Journalist und Schriftsteller.

Der „Fall Redl" gelangt durch den legendären „rasenden Reporter" Egon Erwin Kisch an die Öffentlichkeit. Die Monarchie ist erschüttert. Der Schock säße noch tiefer, wüsste man bereits, dass die k.u.k. Armee bloß ein Jahr später gegen Russland in den Krieg ziehen wird.

„Fraileins genieren sich, anzugreifen“

Die Wiener Küche des Jahres 1908 besticht durch Ideenreichtum: Tafelspitz mit violetten Rüben oder klare Suppe mit ganzen Fröschen sind nur zwei Highlights des vielfältigen bürgerlichen Speiseplans. Wir wünschen jedenfalls gesegneten Appetit.

19. JUNI: WETTER

KLAR UND HEISS, UM 7 UHR FRÜH HAT ES 20 GRAD

TAGES-CHRONIK

SCHLAFTRUNKEN: DER 72-JÄHRIGE FRANZ WEIDLICH STÜRZT AUS SEINER WOHNUNG IN OTTAKRING, FRÖBELGASSE 46, WEIL ER FENSTER MIT ZIMMERTÜR VERWECHSELT * ERÖFFNUNG DES ZENTRALPFERDESCHLACHTHAUSES IM 10. BEZIRK * FAMILIENDRAMA: 27-JÄHRIGE EISENDREHERGATTIN KATHARINA WERNER, STÄTTERMAYERGASSE NR. 2, WIEN-14, VERSUCHT, SICH UND IHRE ZWEI KINDER ZU ERSCHIESSEN

Schoberplatz 1 im 10. Bezirk. Da dieser Ort weit ab vom Schuss ist, empfiehlt sich, einen Fiaker oder Einspänner zu nehmen, am besten gleich für den halben Tag. Die Kosten: 10 bzw. 7 Kronen (ca. 30 bzw. 21 Euro). Sagen Sie dem Kutscher, dass er seinen Tieren zu Liebe nicht zu nah an den Schoberplatz heranfahren soll, denn hier eröffnet Vizebürgermeister Josef Neumayer gerade das von Josef Viktor Fidelius Klingsbigl geplante Zentralpferdeschlachthaus.

Dieses Gebiet inkl. Arsenal und Südbahnhof gehörte 1908 noch zum 10. Bezirk, heute zum 3. Wo damals Schoberplatz und Pferdeschlachthaus waren, ist seit 1919 der Kleingartenverein Arsenal.

Luegers Stellvertreter führt in diesem Augenblick den Ackerbauminister und Dichter Alfred Ebenhoch durch die 94 Meter lange und 14 Meter breite Schlachthalle, wo die Fleischversorgung Wiens unter modernsten Bedingungen inklusive elektrischem Licht und Kühlanlagen sichergestellt werden soll.

Bis dato wurden die Tiere in einem Provisorium des Schlachthauses St. Marx, Viehmarktgasse 1 im 3. Bezirk, oder in der Mehrzahl direkt bei den Fleischhauern ihrer letzten Bestimmung zugeführt – ohne vorhergehender Beschau durch einen Tierarzt. Bei 20.000 Stück pro Jahr eine unzumutbare Situation. Dazu kommt, dass tausende Familien auf Pferdefleisch angewiesen sind, weil gerade noch leistbar. Höchste Zeit also, den Wienern eine Halle hinzustellen, die alle Stückerln spielt.

Zur gleichen Zeit am Neuen Markt 2 im ersten Bezirk. Hier thront das Hotel und Restaurant Meißl & Schadn, das Mekka der Rindfleischesser. Nicht weniger als 52 Rindfleischspeisen offeriert die Tageskarte. Die Fremden sitzen im ersten Stock vor eleganten, roten Seidentapeten auf blitzweißen Stühlen. Die Stammgäste, durch die Bank echte Experten, genießen unten in der „Schwemm". Diese sind mit der Anatomie eines Ochsen völlig vertraut und wissen genau, wo die Gustostückerln beheimatet sind: Tafelspitz, Tafeldeckel, Rieddeckel, Beinfleisch, Rippenfleisch, Kavalierspitz, Kruspelspitz, Hieferlschwanzl.

Besuchs-Tipp: Die Nachfolge in punkto exquisitem Rindfleisch ist der Plachutta (www.plachutta.at).

Für gewöhnlich ist es ruhig in den heiligen Hallen des Meißl & Schadn, andächtig verzehrt man das Scherzl oder Zwerchried. Am 21. Oktober 1916 jedoch, inmitten des Ersten Weltkrieges, wird es im Speisesaal mächtig knallen. An jenem Tag erschießt Friedrich Adler, Sohn des Sozialisten-Führers Viktor Adler, den österreichischen Ministerpräsidenten Karl Stürgkh – nachdem er Reibgerstlsuppe, Schulterschwanzl mit Kohl und Zwetschkenfleck gegessen hat.

Wenige Kilometer von Meißl & Schaden entfernt in einem herrschaftlichen Gebäude im 8. Bezirk. Hier gehen die Tage ihren gleichmäßigen und ruhigen Gang. Das Stubenmädchen, schwarzes Servierkleid und das weiße Hauberl am Kopferl, kommt auf leisen Sohlen ins Esszimmer, eine gewaltige, dampfende Schüssel in Händen: Nudelsuppe. Anschließend serviert sie Tafelspitz, den Inbegriff des gehobenen Beamtenessens. Das Auge liebkost zuerst den zarten Speckrand, der das kolossale Stück Fleisch umsäumt, dann die einzelnen Tellerchen, auf denen das Gemüse gebettet ist, die violett schimmernden Rüben, den sattgrünen, ernsten Spinat,

Buch-Tipp: Joseph Roth: Radetzkymarsch. Roth beschreibt hier u.a. das genüssliche Leben eines österreichischen Statthalters.

den fröhlichen, hellen Salat, das herbe Weiß des Meerrettichs, das tadellos Oval der jungen Kartoffel, die in schmelzender Butter schwimmen.

Präsentieren Sie sich als Feinschmecker und entrüsten Sie sich über die zu heiße Suppe und das falsch geschnittene Fleisch, auch wenn's Ihnen vorzüglich geschmeckt. Hochschätzung durch das Stubenmädchen ist Ihnen sicher. Blazena, die böhmische Köchin, aber sitzt gekränkt in einem dunklen Winkel der Küche und weint still in die Erdäpfel hinein.

Wenn Sie ein Freund der gutbürgerlichen Küche sind – und die Blazena Ausgang hat –, dann empfiehlt sich der Griff zu der sehr populären Sammlung „Wiener Kochbuch" der mehrmals ausgezeichneten Louise Seleskowitz. Die noch druckfrische 13. Auflage mit 2.237 Rezepten ist im März herausgekommen. Bekannt wurde die ehemalige Wirtschafterin im Schottenstift in Wien unter anderem durch die Gründung des „Ersten Wiener Kochlehr-Instituts" auf der Freyung im ersten Bezirk.

Schon bei ihren Suppen-Rezepten kommt beim Gourmet von 1908 garantiert Gaumenfreude auf: „16 Deka abgerindete, fein geschnittene Semmeln werden in Wasser gekocht, gibt zu diesem ungefähr 10 Stück ganze Frösche, 2 Liter Erbsenwasser und lässt es weich kochen. Das Fleisch löst man dann von dem Gerippe der Tiere und gibt es in den Suppentopf. Das Gerippe wird gestoßen und mit der Suppe zu den kochenden Semmeln geseiht, mit 4 Dotter und 1/4 Liter Obers abgesprudelt, zu dem Fleische in den Suppentopf gegeben und mit gebähten Semmeln angerichtet."

Oder wie wäre es mit einer „Fastensuppe"? „Man verwendet hiezu zwei mittelgroße Schildkröten, und zwar legt man sie auf einen Tisch, hält eine kleine glühende Schaufel auf den Rücken, worauf die Schildkröte den Kopf und die Füße von sich streckt, die man mit einer Schere oder Zange rasch abzwickt..."

Ihnen ist übel? Sie leiden unter Sodbrennen, Blähungen, Hartleibigkeit? Bei Verdauungsproblemen hilft das mild abführende Hausmittel „Dr. Rosas Balsam für den Magen" der Apotheke „Zum Schwarzen Adler" in Prag. Täglicher Postversand. Oder Sie vertrauen Thierrys Centifolien-Salbe – nur echt mit der grünen Nonne. Sie hilft nicht nur gegen Magenbeschwerden, sondern auch bei Hustenreiz und Entzündungen. Erhältlich in der Apotheke Karl Brady, Fleischmarkt 4 im ersten Bezirk. In harten Zeiten greifen Sie zu einem sogenannten Irrigator: Nach Mastdarmspülung oder Magendusche verdaut es sich wieder ganz ordentlich. Die Blechausführung kostet zum Beispiel in der Zentral-Drogerie „Zum schwarzen Hund" in Mährisch-Ostrau läppische 3 Kronen (ca. 9 Euro). Versand per Nachnahme, streng diskret.

Die Mehrzahl der Wiener Bevölkerung hat all diese Probleme nicht. Hier geht es in erster Linie darum, satt zu werden. Die Arbeiter-Ernährung besteht im günstigen Fall aus Kaffee und Brot zum Frühstück, danach Suppe und dick eingebranntem Gemüse: Kohl, Kochsalat, Kraut und Bohnen. Am Abend gibt es die Reste vom Mittag, Wurstwaren, die wegen ihrer schlechten Qualität als minderwertige Nahrung für Arme gelten. Fleisch findet sich am Arbeitertisch maximal am Wochenende.

Über Gemüse ist nichts Besonderes zu sagen, außer dass mitunter Fabrikate von gewaltigen Ausmaßen das Licht der Welt erblicken. Das bekommt jedenfalls die vollschlanke und nicht unhübsche Köchin Blazena vom stattlichen Mannsbild aus Felsőőr zu hören, während sie am Viktualienmarkt in der Brunnengasse und am Yppenplatz im 16. Bezirk unterwegs ist. „Spargel hob ich zu Haus, so dick, dass Fraileins genieren sich, anzugreifen", tönt es tief mit schwerem, ungarischem Akzent.

Die Bevölkerung in Felsőőr, zu Deutsch Oberwart, besteht heute aus 17 Prozent Burgenland-Ungarn.

An allen Ecken und Enden der Märkte ist der Jammer über die stark überhöhten und ständig steigenden Fleisch-Preise zu hören, während Butter, Milch und Brot jahrelang so gut wie unverändert bleiben. Der Grund: Bürgermeister Lueger liebt seine Metzger und schützt sie vor unliebsamer Konkurrenz. Die parteipolitischen Privilegien bringen ihm den Titel „Ehrenfleischhauer" und den Wienern ein schweres Los. Vor allem Schweinefleisch ist teuer, teurer als Rind. Für ein Kilo abgezogenes Schwein mit Zuwaage – also mit Knochen – legen Sie durchschnittlich 1 Krone 75 Heller (ca. 6 Euro) in die einst von Lueger geschüttelte Hand des Metzgers. Ähnlich hohe Werte erzielt Kalbfleisch. Für die arbeitende Bevölkerung kommt ohnehin nur Pferd in Frage, das etwa die Hälfte kostet.

Die erste Frauendemonstration in der Geschichte Wiens fand 1911 statt. Der Grund: Preissteigerung beim Rindfleisch.

Als nahrhafte Alternative gibt's „Somatose" von Friedrich Bayer & Co., Elberfeld, dem späteren Bayer-Konzern. Das Fleischextrakt ist auch in flüssiger Form für geschmalzene 3 Kronen (ca. 9 Euro) die Flasche und in den Geschmacksrichtungen Suppenkräuter oder Himbeere erhältlich. Billiger ist der Suppenwürfel, der 1908 erstmals in den Handel kommt. Der Hersteller: Maggi.

Dem selbst das zu teuer ist, lebt vor allem vom Kaffee – der Arbeiternahrung Nummer 1. Kaffee in der Früh, Kaffee zu Mittag, Wassersuppe mit Brot am Abend. Sonst nichts. Meist wird die dunkle Brühe unterwegs in einem kleinen, schmuddeligen Café in der Vorstadt konsumiert – „Tschecherl" oder „Tschoch" genannt. Im schlimmsten Fall muss man sich mit der Ersatzlösung Zichorienkaffee begnügen, der auch unter der treffenden Bezeichnung „Deutscher Kaffee" die Runde macht. Das übel riechende Getränk, das aus gerösteten Wurzeln besteht, hat mit Bohnenkaffee nichts anderes gemein als die braune Farbe. Dafür enthält es ein wenig Kohlenhydrate, Eiweiß und Magnesium.

Zichorienkaffee ist heute wieder Thema des Gesundheits- und Schlankheitswahns.

Während Kaffee besonders bei der Arbeiterin beliebt ist, greift der Gatte bevorzugt zu Alkohol, am liebsten in der kraftvollen Form des Branntweines. Oder als Krügerl, das oft und gerne bestellt wird. In Wien vertilgt man rund 150 Liter Bier pro Kopf und Jahr – in Salzburg fast das Doppelte –, 100 Jahre später werden es im österreichischen Durchschnitt 110 Liter sein.

Jede Gesellschaftsschicht hat ihren ganz speziellen Gerstensaft: Die oberen Zehntausend trinken Bayrisches oder Pilsner (das Krügerl für 1 Euro), die Mittelschicht Lager- und Märzenbier (durchschnittlich 75 Cent) und Arbeiter das St. Marxer Abzug, das ab 13 Heller (ca. 40 Cent) an die Durstigen ausgeschenkt wird. Der Wiener bezeichnet letzteres wegen der dünnen Konsistenz gerne auch als „Fensterschwitz". Und für alle gilt die frohe Botschaft: Die Bierpreise bleiben stabil.

Derzeit wird in Österreich zirka 30 Liter Wein pro Kopf und Jahr konsumiert.

Anders beim Wein. Die ständigen Teuerungen bringen nur Grant und Verdruss unters Volk. Die letzte war erst im Jänner, wo der Mindestpreis für ein Vierterl von 20 auf 24 Heller (ca. 70 Cent) angehoben wurde. Doch der Wiener weiß sich zu helfen. Während seine Vorfahren im späten Mittelalter bis zu 365 Litern pro Jahr und Nase vernichtet haben, reduziert der Zeitgenosse den Konsum quasi auf ein Minimum: Im Laufe des Jahres rinnen nicht mehr als 25 Liter durch seine trockne Kehle.

Wenn Sie wirkliche Schätze probieren wollen, dann greifen Sie zu den „Kometenweinen" etwa aus den Jahren 1811, 1889 oder 1892.

Dabei ist 1908 kein schlechtes Jahr, die Qualität des Weins ist Durchschnitt, die Menge der schiere Wahnsinn: 3 Millionen Hektoliter werden aus den heimischen Trauben gepresst, im Jahr davor waren es gerade einmal 400.000. 1907 war überhaupt ein schwarzes Jahr für Weinhauer, denn es brachte das erste Wein-

Gruss
aus dem
Liesinger Brauhaus

gesetz Österreichs. Dieses untersagt die Herstellung von Kunstweinen, die statt Traubensaft allerlei wundersamen Mittel enthalten – der Fantasie sind jedenfalls keine Grenzen gesetzt. Auch Halbweine stehen auf der Verbotsliste – Naturwein, gnadenlos gestreckt. Mit dem neuen Gesetz ist es für Österreichs Weinbranche also deutlich schwieriger, profitabel zu wirtschaften.

Apropos: Bei den tropischen Temperaturen, die gerade in Wien herrschen, genießen Sie den Wein am besten als „G'spritzter" mit Sodawasser oder als „Mischung" – Wein mit Mineralwasser. Stammgäste sagen dazu „Achterl mit Gieß", das auf das äußerst beliebte Mineralwasser „Gießhübler Sauerbrunn" hinweist.

Es handelt sich um Gießhübel in Böhmen, tschechisch „Kyselka", und nicht Gießhübel bei Mödling im Süden Wiens.

Schlechter Atem vom Alkohol und der Greißler hat schon zu? Gehen Sie zum Eckhaus Kärntner Ring 9 und Kärtnerstraße 57 im ersten Bezirk. Gegen Einwurf von ein paar Münzen können Sie beim Automaten-Büffet Pfefferminzdragees aus der Vitrine nehmen.

SCHULE & ERZIEHUNG

„Die sollen studieren und nicht demonstrieren, diese Pülcher!“

Wer glaubt, dass die Wiener Schulen und Universitäten von 1908 ein Hort der Traditionen und schöngeistigen Ideale sind, irrt. In Wirklichkeit ähnelt das Bildungssystem einem Sauhaufen.

20. JUNI: WETTER

EXTREME HITZE, BIS ZU 34 GRAD IM SCHATTEN

TAGES-CHRONIK

BÜRGERMEISTER LUEGER AN VORDERSTER FRONT: ERÖFFNUNG DES WERTHEIMSTEIN-PARKS AUF DER HOHEN WARTE IM 19. BEZIRK * REICHRATSSITZUNG: DISKUSSION ÜBER HERABSETZUNG DER HAUSZINSSTEUER UND DIENSTBOTENNOT AUF DEM LAND * 300 KLÄFFENDE KLEINTIERE: BEGINN DER JUBILÄUMSAUSSTELLUNG VON HUNDEN IN DEN BLUMENSÄLEN DER GARTENBAUGESELLSCHAFT

Web-Tipp: www.augartenschule.at. Die ehemalige Bürgerschule für Mädchen ist seit 2003 eine kooperative Mittelschule. Im Jahr 1927 wurde österreichweit die „Bürgerschule" in „Hauptschule" umbenannt.

Die städtische Bürgerschule für Mädchen, Obere Augartenstraße 38 im 2. Bezirk. Seit 8 Uhr sitzt hier die 13-jährige Mizzi Feiglstock aus der Nestroygasse 1 und leidet entsetzlich, obwohl sie allen Grund zur Freude haben sollte, denn sie wird gerade zu einem tüchtigen Menschen und demütigen Mitglied des Gemeinwesens herangebildet. Das garantiert vor allem der sittlich-religiöse Unterricht. Ihre Lehrer erziehen sie – so das Reichsschulgesetz für Volks- und Bürgerschulen von 1905 – „zu Gottesfurcht, Ehrfurcht vor dem Kaiser und dem Allerhöchsten Kaiserhause, zur Liebe zum angestammten Volkstum und zum gemeinsamen Vaterlande (gemeint ist Österreich und Ungarn) sowie zur konfessionellen und nationalen Duldsamkeit."

Geduld hat die Mizzi an diesem Tag nur wenig, denn um halb 9 zeigte das Thermometer bereits 27 Grad im Schatten, um 15 Uhr sind es 34 Grad. Dazu kommt, dass die Fenster des überfüllten Klassenraums, in dem nicht weniger als 56 Schülerinnen darben, geschlossen bleiben müssen. Der Grund: Die Schwerfuhrwerke rollen den ganzen Tag krachend und klappernd durch die Obere Augartenstraße, so dass an einen Unterricht bei offenen Fenstern nicht zu denken ist. Nicht einmal das Stroh, das für gewöhnlich vor den Volks- und Bürgerschulen ausgelegt ist, kann hier den Lärm eindämmen.

Kurz nach 15 Uhr kippt Mizzi Feiglstock ohnmächtig vom Sessel. Schuldirektor Klebinder ruft die Rettungsgesellschaft. Der Inspektionsarzt behandelt sie und weitere 14 Hitzeopfer mit Eis und Umschlägen. Dann erscheinen auch noch die Eltern der betroffenen Mädchen und machen zum Leidwesen der Lehrerschaft einen Bahöö – was so viel wie Aufstand heißt. Die Mütter heulen, die Väter klagen an, Schreckensszenen spielen sich ab. Der Direktor unternimmt das einzig Richtige, er schickt die Kinder samt Eltern heim und schließt die Schule. Am Montag wird er bei Karl Lueger vorsprechen, der sofort veranlasst, den Schwerverkehr in der Oberen Augartenstraße umzuleiten. Denn der Bürgermeister hat ein Herz für die jungen Wiener und Wienerinnen. Während seiner Regierung eröffnet er

persönlich 120 Schulen, davon sind fast 70 Neubauten – natürlich alle ohne Klimaanlage, denn diese wird erst 1911 erfunden.

Nicht nur die drückende Schwüle sorgt dafür, dass 1908 als heißes Schuljahr in die Geschichte eingehen wird. Die Hitzeferien, die in den vergangenen 20 Jahren ein wenig Erleichterung gebracht haben, sollen abgeschafft werden. Außerdem steht das gesamte Bildungssystem vor einem gewaltigen Umbruch. Betroffen sind vor allem die Mittelschulen, deren Wert man monatelang heftig diskutiert. Das sind jene kargen Orte, wo sich die erhöhten Katheder der spitzbärtigen und gnadenlos schöngeistigen Professoren befinden – an der grau gekalkten Wand ein Kruzifix, über der schwarzen Tafel ein gerahmter Öldruck Franz Josephs in rotsamtenem, hermelinbesetztem Krönungsmantel. Hinter dem Katheder Reihen starrer Bänke, deren einstmals grüne Pulte dank den Tintenpatzern und Taschenmessernarben ihre Farbe verloren haben...

Der Hauptvorwurf der Kritiker: Gymnasien würden weltfremd vor sich hindümpeln. Was seit Jahrzehnten unverändert gelehrt werde, könne der Mensch in der modernen Welt nicht mehr brauchen. Die Kritik gipfelt in der Forderung „Weg mit Griechisch!" Sogar die Matura, die man als überflüssige Quälerei der Jugendlichen empfindet, soll gestrichen werden.

Der öffentliche Druck auf die Regierung ist so groß, dass diese eine Expertengruppe einsetzt, die eine Mittelschulreform ausarbeitet. Als erstes geht es dem Notensystem an den Kragen. Statt 6 Noten (vorzüglich, lobenswert, befriedigend, genügend, nicht genügend und ganz ungenügend) gibt es ab dem Schuljahr 1908/09 nur mehr vier: sehr gut, gut, genügend und nicht genügend. Außerdem wird bei den Prüfungen in Zukunft nicht mehr derart großer Wert auf auswendig Gelerntes gelegt, der Schüler soll viel mehr in einem lockeren Gespräch zeigen, dass er den Stoff verstanden hat – wohlgemerkt, es ist 1908 und nicht 2008. Außerdem wird erstmals die Möglichkeit geboten, statt Griechisch eine lebende Sprache zu erlernen.

Buch-Tipp: Die Verwirrungen des Zöglings Törleß von Robert Musil (Rowohlt). Der Autor beschreibt in seinem ersten Roman den Alltag in den k.u.k. Militärerziehungsanstalten.

Das Beste an der ganzen Reform aus der Sicht der Betroffenen: 1908 entfällt die Matura und die jungen Menschen können sich sofort dem Erwachsenenleben zuwenden: Rauchen, Trinken, der Besuch von billigen Kaffeehäusern – alles Dinge, die Schülern verboten sind. Ernstere Naturen streben natürlich direkt den heiligen Hallen der Universität entgegen. Das ist man dem Papa schuldig, der von seinem Sohn Großes erwartet und bereits einiges in seine Ausbildung investiert hat: Die Mittelschulgebühren betragen 50 Kronen (ca. 150 Euro) pro Semester. Spitzensätze unter den weiterbildenden Schulen verlangt die k.u.k. Marineakademie zu Fiume (kroatisch: Rijeka, deutsch: St. Veit am Flaum), in der die so genannten Zahlzöglinge 1.100 Kronen (3.300 Euro) pro Jahr ablegen müssen.

Wer im Sommersemester 1908 studieren will, hat leider Pech. Die Universitäten bleiben die meiste Zeit über geschlossen, weil die Herren Studenten glauben, demonstrieren zu müssen. Anlass für den jugendlichen Grant war eine Rede des Kirchenrechtgelehrten Ludwig Wahrmund an der Innsbrucker Universität Anfang des Jahres. Es ging um die katholische Kirche und ihren angeblich schädlichen Einfluss auf die Freiheit der Wissenschaft. Die Folge: Man belegte Wahrmund mit Unterrichtsverbot. Ein Sturm der Entrüstung brach los und blies Zwietracht in die Hörsäle der Monarchie. Auf der einen Seite die Wahrer des Glaubens, auf der anderen die Verteidiger der akademischen Freiheit.

Vor vier Tagen, am 16. Juni, kam es zu einer großen Straßendemonstration der Wahrmund-Unterstützer. Die Studenten sammelten sich vor der k.k. Universität am Franzensring, stürmten durch die Bankgasse zum Minoritenplatz 5, wo sich das k.k. Ministerium für Kultus und Unterricht befindet. Johlend und pfeifend machten die Hoffnungsträger des Staates ihrem Unmut Luft. Dass der breiten Bevölkerung das Verständnis für diese Aktion fehlte, zeigten etwa die Reaktionen der Passanten – sie wurden von den Tageszeitungen detailliert protokolliert.

Ein älterer Herr: „Und diese Straßenjungen sollen einmal den Staat regieren!"

Eine Dame neben ihm: „Ich trau' mich gar nicht aus Wien hinaus, weil ich mich für diese Kerle schäm', die uns vor aller Welt blamieren!"

Ein zweiter Herr (mit dem Spazierstock fuchtelnd): „Die sollen studieren und nicht demonstrieren, diese Pülcher!"

Es blieb nicht beim Gejohle, es wurden Sicherheitswachleute bedroht, sodass diese den Säbel zücken mussten – in der Amtssprache: sie zogen blank. Noch brutaler wird es sich am 24. Juni in Graz abspielen, wo sogar das Militär zum Einsatz kommt. Mit aufgepflanzten Bajonetten gehen Einheiten gegen die Demonstranten vor, die mit Steinen werfen. Zur Erinnerung: Es ist 1908 und weder 1848, das Jahr der in erster Linie von Studenten geführten Revolution, noch 1968, das Jahr der weltweiten Studentenunruhen.

Gewaltbereitschaft ist in manchen universitären Kreisen ohnehin nichts Ungewöhnliches. Vor allem bei den Burschenschaften der deutschnationalen Szene sit-

Mehr zum rechte Gedankengut Seite 169.

zen die Fäuste locker. An den Wochenenden ziehen die Wahrer der germanischen Kultur mit wehenden Fahnen, bunten Kappen, Säbelmensuren im Gesicht und ein paar Promille im Blut eine Spur der Verwüstung – Samstagsbummel genannt. Unter akademischer Immunität wird verdroschen, was sich in den Weg stellt, so zum Beispiel italienische Mitstudenten: Im November 1908 werden sich in der Aula der Universität 1.000 nationale Burschenschafter versammeln, um den Nicht-Deutschen zu zeigen, wer der Herr im Hause ist. Die Folge: dutzende Schwerverletzte.

Abseits der universitären Krawalle und nationalen Konflikte auf akademischem Boden geht es einer kleinen, verwegenen Gruppe nur um eines: überhaupt studieren zu dürfen. Es sind Mädchen, die im „modernen Bildungstaumel" sind, so die Meinung der zahllosen Kritiker des Frauenstudiums. Seit erst 11 Jahren ist die philosophische Fakultät offen, Medizin und Pharmazie seit 1900. Das Jus-Studium wird für weibliche Interessenten erst ab 1919 möglich sein. Die letzte Bastion akademisch-männlicher Selbstherrlichkeit ist die katholisch-theologische Fakultät: Es müssen zwei Weltkriege vergehen, bis sie im Jahr 1946 Frauen gnadenhalber zum Studium zulassen wird.

„Die Fantasie-Ergüsse sind unbeschreiblich“

Kaffee, Tabak, Haschisch, Kokain & Co – von Alkohol ganz zu schwiegen: Wien des Jahres 1908 ist ein Ort des Bösen. Seien Sie also auf der Hut und meiden Sie vor allem Heurige, Apotheken, Trafiken und Kaffeeröstereien.

21. JUNI: WETTER

EXTREME HITZE, BIS ZU 38 GRAD IM SCHATTEN

TAGES-CHRONIK

ROTUNDE: BEGINN DER KINEMATOGRAFISCHEN VORFÜHRUNGEN VON BILDERN DES KAISERHULDIGUNGSFESTZUGES DURCH PATHÉ FRÈRES * FARBENMEER: RADFAHRBLUMENKORSO IN DER HAUPTALLEE DES PRATERS * THRONFOLGER FRANZ FERDINAND ALS EHRENGAST: ENDE DER JUBILÄUMSAUSSTELLUNG VON JAGDHUNDEN IN DEN BLUMENSÄLEN DER GARTENBAUGESELLSCHAFT * PFARRE ST. LEOPOLD: VERSPÄTETE FRONLEICHNAMSPROZESSION DES ERSTEN CHRISTLICHEN HAUSBESORGER- UND PORTIERVEREINS

Der Kursalon in der Johannesgasse 33 im ersten Bezirk. Die vorangegangene Woche war eine schwere für die ehrwürdige Institution, denn die Versorgung der Besucher mit den beliebten Genussmitteln Wein und Kaffee schien ernsthaft gefährdet. Der Grund: Letzten Sonntag um 3 Uhr trat das gesamte Bedienungspersonal in den Streik. An die 50 Kellner und Markeure beschwerten sich, dass der Besitzer, Herr Zeller, die Vertragsbestimmungen nicht eingehalten hatte. Zeller ließ nicht mit sich reden, und die Gäste mussten sich selbst bedienen.

Noch im Jahr 1908 hat die Familie Hübner den Kursalon übernommen, ihn renoviert und ausgebaut.

Heute ist die Welt wieder in Ordnung, der Streik beendet und das Bedienungspersonal hat mehr Geld in der Tasche. Die Kellner wuseln durch die Gänge, die Kapelle spielt von 17 bis 19 Uhr 30 die schönsten Walzerklänge. Genießen Sie den herrlichen Sonntag bei ein, zwei Gläschen Wein oder einer Schale duftender Melange.

Bedenken Sie jedoch, dass Sie das entgegen dem Rat vieler Ärzte machen. Der Alkoholkonsum ist schon längst ins Visier der Mediziner geraten. Im Oktober wird im Saal der k.k. Ärzte-Gesellschaft, Wien IX, Frankgasse 8, ein Antialkoholkongress stattfinden, der drastische Maßnahmen fordert: Abschaffung der Branntweinprivilegien, Verbot des Ausschankes von Samstag Nachmittag bis Montag früh, Verbot der geistigen Getränke in Erziehungsanstalten aller Arten, Unklagbarkeit von Zechschulden, Strafbarkeit von Berauschung anderer und der Verführung zum Trunke.

Auch Kaffee steht auf der schwarzen Liste der Gesundheitshüter. Er steht im Verdacht, für Nervenzerrüttung und im schlimmsten Fall für einen frühzeitigen Tod zu sorgen. Daher bemühen sich Hersteller um eine schonende Alternativen, wie etwa Ersatzlösungen aus Feigen, Malz oder Zichorien. Entkoffeinierter Kaffee ist seit genau zwei Jahren erhältlich. Der Erfinder ist der Bremer Ludwig Roselius, Besitzer der Kaffee-Handels-Aktien-Gesellschaft, kurz: Kaffee Hag. 1908 überschwemmt er mit dem Werbeslogan „Stahlharte Nerven durch Sport und Kaffee Hag" den Markt.

Und das ausgerechnet im Koffeinparadies Wien. Hier gibt es die feinsten Rösterein, die besten Kaffeegeschäfte. So eröffnet etwa Georg Naber 1908 sein erstes exquisites Verkaufslokal in der Laudongasse 69 im 8. Bezirk. Bereits knapp 20 Jahre davor gründete die Firma Brüder Kunz in der Pokornygasse 7 im 19. Bezirk eine Kaffeerösterei. Hier kostet die beliebte Kaffeehausmischung Mexice per Kilo 3 Kronen 20 (ca. 10 Euro). Spitzenprodukt ist der Imperial um 18 Euro, für Private und Anstalten gibt es den türkischen Sparkaffee um 5 Euro pro Kilo. Julius Meinl ist schon seit 1862 höchst aktiv, der Name steht 1908 für den größten Lebensmittelkonzern der Donau-Monarchie. Vor 16 Jahren gründete der Stammhalter der Dynastie, Julius Meinl I., in der Neustift-gasse Nr. 28 im 7. Bezirk eine moderne Rösterei.

Web-Tipp: Naber und seine Geschichte finden Sie unter www.naber-kaffee.com.

Auch dem Nikotin sagen Ärzte zerstörerische Wirkung nach. Dafür gibt es seit 10 Jahren die „hygienische Zigarre" aus Bremen, die unter dem Namen „Wendt's Patent-Zigarren, angefertigt nach dem Verfahren des Geheimen Hofrats Universitätsprofessor Dr. med. Hugo Gerold", im Handel ist und völlig unschädlich sein soll. Auch die k.k. Tabakregie hat eine „nikotinschwache" Zigarre namens Rosita für 8 Heller (ca. 2 Euro 50) im

CAFE PRUCKEL
CAFÈ
CAFÉ
PRUKEL
CAFE PRUCKEL

Sortiment. Die Verkaufszahlen sind allerdings katastrophal. Weitaus besser geht die Virginier für 10 Heller das Stück. Sie ist die Lieblingszigarre des Kaisers, der Fiaker, Heurigensänger und Hausmeister.

Wenn Ihnen die heimischen Produkte nicht zusagen: Es gibt in Wien zwei Verschleißstellen für importierte Tabak- und Zigarrenspezialitäten, eine davon am Kohlmarkt 6 im ersten Bezirk, wo etwa echte Havanna-Zigarren aus den Häusern „La Flor de la Isabela" oder „La Rosa de Santiago" im eleganten Holzschachterl feilgeboten werden. Preislicher Spitzenreiter ist eine Kohinores für zirka 15 Euro.

Besuchs-Tipp: Diese Trafik, einst k.u.k. Hoflieferant, gibt es heute noch immer: Tabakspezialitäten Michael Mohilla.

1908 ist für die k.k. Tabakregie ein denkwürdiges Jahr. Denn zum ersten Mal überholt der Verkauf von Zigaretten jenen der Zigarren. Im Laufe des Jahres gehen landesweit mehr als 4 Milliarden Stück über den Ladentisch der Trafiken. Dabei war die Markteinführung der „Papierzigarre" in den 1840-er Jahren alles andere als vielversprechend. Erst die „Ordinäre Doppelzigarette" aus den 60-er Jahren brachte den Durchbruch. Sie war an beiden Enden mit Mundstücken versehen und musste vor dem Gebrauch entzweigeschnitten werden.

Das Angebot der Tabakregie, die aus Anlass des 60. Regierungsjubiläum von Franz Joseph die Marke „Kaiser-Zigaretten" herausgibt, lässt sich sehen. Die billigste, die „Ungarische" bekommt man um einen Heller (3 Cent) pro Stück. Weitere beliebte Marken sind Stambul, Memphis, Damen, Donau und Sport. Die „Nil" ist mit 6 Heller (ca. 20 Cent) pro Stück die teuerste. Kein Wunder, hat man sie doch zu 8 Prozent mit ungarischem Hanf verfeinert.

Der Haschisch-Anteil in den Zigaretten der Tabakregie verschwand erst in den 1920er-Jahren.

Hanf ist in Europa eine weit verbreitete Pflanze – und das seit Jahrhunderten. 1908 sind in Österreich 26.000 und in Ungarn gar 65.000 Hektar damit bepflanzt. Die größten Felder findet man in Russland und Italien. Das heimische Zentrum des Anbaus ist Niederösterreich, Hanfthal bei Laa an der Thaya oder Amstetten, das sich aus „Hampstätten" ableitet, geben Zeugnis. Dass es sich nicht nur um textilen Hanf handelt, zeigen Berichte vom Erntetag: „Mancher sinkt wie von Betäubung erfasst zusammen und seine Gefährten müssen ihn emporrütteln."

Cannabis gilt spätestens seit Beginn des 19. Jahrhunderts als beliebte Volksdroge. Die Bezeichnung „starker Tobak" bezeichnete ursprünglich nichts anderes als ein Hanf-Tabak-Gemisch. In den 1860-er Jahren kam mit der Haschisch-Tinktur ein Mittel auf den Markt, das sogar wesentlich konzentrierter war als das in Indien hergestellte Haschisch-Öl und die heimischen Apotheken im Sturm eroberte. Führender Hersteller der Tinktur: Das Darmstädter Chemie- und Pharmaunternehmen Merck. Die Apotheken verarbeiten den berauschenden Rohstoff zu einer Unzahl von Arzneimitteln – von Hustensaft bis zum Migräne-Killer. Selbst ein Mittel gegen Hühneraugen, oral eingenommen, hat 5 Prozent der Tinktur intus: „Der Fußfreund" der Korneuburger Apotheke Kwizda.

Web-Tipp: www.merck.de. Die Merck KGaA ist das weltweit älteste Unternehmen der Chemie- und Pharmabranche.

Bevor Sie Ihre Schlaflosigkeit mit „Somnius" aus dem Hause Dr. Dralle behandeln – Haschisch-Konzentratanteil von satten 15 Prozent – bedenken Sie die Gefahren. „Die Nebenwirkungen der Arzneimittel" aus der Feder des Pharmakologen Dr. Louis Lewin, der das Suchtpotenzial

von Morphin nachgewiesen hat, spricht bei Hanf vom „Gefühl der Körperlosigkeit" und dass angeblich „jede Bewegung des Körpers eine Quelle von Lust" sein soll. Fragen Sie also sicherheitshalber Ihren Arzt oder Apotheker.

Wer sich bewusst auf die Risken von Haschisch einlässt, ist Wiens Schickeria. Allen voran der Malerstar Gustav Klimt, den Sie in seinem Atelier in der Josefstädter Straße 21 im 8. Bezirk finden. Wenn Sie ihn in seinem Garten mit einer kleinen Pfeife in der Hand sehen, dann lassen Sie ihn besser in Ruhe. Er kifft. So der Bericht seines späteren Schülers Albert Paris Gütersloh.

Alfred Leopold Isidor Kubin (1877-1959), österreichischer Grafiker, Schriftsteller und Buchillustrator.

Auch Maler und Dichter Alfred Kubin ist dem Dämon verfallen. Im Sommer 1908 verfasst er den phantastischen Roman „Die andere Seite" unter Einfluss seiner ärztlich verschriebenen Cannabis-Tinktur gegen „depressive Nervenkrämpfe".

Ferdinand Amersin, Autor des utopischen Romans „Das Land der Freiheit", versucht sich gar im Drogenhandel. 1879 gab er eine Werbebroschüre unter dem Titel „Haschischgenuss im Abendland. Anleitung zu Kenntnis und Gebrauch des feinsten und merkwürdigsten Genussmittels" heraus. Übrigens: Ein Fläschchen seiner zu Hause hergestellten Haschisch-Tinktur – 12 mittlere Gaben enthaltend – verkauft er samt gedruckter Gebrauchsanweisung für umgerechnet 12 Euro. Bei Abnahme von 5 Flaschen gibt's eine gratis. Seine Kunden sind laut Werbetext zufrieden: „Über die Genussempfindung bei diesen Fantasie-Ergüssen habe ich nur ein Wort zu sagen: unbeschreiblich", lässt Peter F. aus Wien die Leser wissen.

Kokain ist während der Monarchie für seine medizinische als auch erfrischende Wirkung bekannt. Führender Produzent ist wieder Firma Merck, bei der zum Beispiel Siegmund Freud seinen Stoff bezieht. Im Mai 1884 bezahlte er für das Gramm mehr als 3 Gulden (ca. 20 Euro), um die Effekte der Coca-Pflanze eingehend zu studieren – rein wissenschaftlich versteht sich. Doch auch Forscher müssen mal Pause machen: „Ich habe gestern abends der Versuchung, ein kleines Körnchen zu naschen, nicht widerstehen können", schrieb er seiner Verlobten von seinen riskanten Selbstversuchen.

Bekanntestes Produkt mit der berauschenden Wirkung ist in Europa nicht Coca Cola – diesem wurde vor zwei Jahren ohnehin das Coca-Extrakt entzogen, um auch bei der Jugend punkten zu können –, sondern der „Vin Mariani", der zu einem Viertel aus dem berauschendem Coca-Extrakt besteht. Stammkäufer sind und waren u. a. Jules Verne, Thomas Edison und Papst Leo XIII., der dem Produzenten, Angelo Mariani, sogar die Goldmedaille verlieh.

In den 1920-er Jahren gab es in Wien sogar eine periodische Zeitschrift namens „Kokain. Eine moderne Revue". Herausgegeben vom Kokainverlag.

„Die Opiumkultur scheint in Österreich verhältnismäßig spät in Angriff genommen worden zu sein", stellt Dr. Axel Jermstad in seinem Werk „Das Opium. Seine Kultur und Verwertung im Handel" fest. Da liegt er falsch, denn er unterschlägt den am Lande seit Jahrhunderten so gerne applizierten „Mohnzutz", um Kinder ruhig zu stellen.

Mit dem industriellen Anbau ging es tatsächlich erst 1870 los. Auf der Versuchsstation zur Opiumgewinnung im böhmischen Lobositz (Lovosice) säte man die Samen des weißen Mohns aus. Die geschlossenen Früchte wurden wöchentlich zweimal angeritzt und der Milchsaft durch Kinder als billige Arbeitskräfte eingesammelt. Der Morphingehalt lag bei eher schwachen 10 Prozent. Die Unkosten der Tests konnten durch den Verkauf des erzeugten Opiums gerade einmal gedeckt werden.

1910 wird es die nächsten Anbauversuche geben, und zwar in einem Versuchsgarten in Korneuburg bei Wien. Die Ergebnisse des „Komitees zur Förderung der Arzneipflanzenkultur" sind eher ernüchternd: „Die Gewinnung von Opium ist im Großbetrieb nicht rentabel. Kleinere Landwirte könnten aber eventuell etwas daran verdienen."

Heroin wird seit gut 10 Jahren von Apotheken ausgegeben, und zwar als Schmerz- und Hustensaft. Der Hersteller: Die Aktiengesellschaft Farbenfabriken, dem späteren Bayer-Konzern, der auch Aspirin im Sortiment hat. Heroin soll aber nicht nur bei Keuchhusten helfen. Es wird auch gegen die Entzugssymptome des Morphins und Opiums verwendet, obwohl das hohe Suchpotenzial von Heroin seit 1904 bekannt ist.

Bayer stellte die Produktion von Heroin erst 1931 ein. Der legale Verkauf in Deutschland erfolgte bis 1958. 1971 wurde Heroin verboten.

Einer, der gleich alle schweren Drogen in Massen konsumiert, ist der Salzburger Lyriker Georg Trakl. Seit 1905 ist er den Süchten Morphin, Heroin und Kokain verfallen und wird in 7 Jahren an einer Überdosis sterben. Blöderweise sitzt Trakl direkt an der Quelle. Er ist im Hauptberuf Apotheker.

GELD & ARBEIT

„Nüchterner Mann mit schöner Handschrift gesucht“

Ohne Göd ka Musi – diese Lebensweisheit gilt natürlich auch für das Wien des Jahres 1908. Wie man an schöne Summen kommt, ohne dabei kriminell zu werden, ist allerdings eine andere Geschichte.

22. JUNI: WETTER

EINZELNE GEWITTER, ABER KEINE ABKÜHLUNG. ÜBER WIEN HÄNGT SEIT TAGEN EINE DUNSTGLOCKE

TAGES-CHRONIK

ÖSTERREICHISCH-UNGARISCHE BANK: HERAUSGABE DER 20-KRONEN-BANKNOTE * DER MONARCH DANKT: ÖSTERREICHISCHER AUTOMOBILKLUB SCHENKT FRANZ JOSEPH I. „ZWEI KOMPLETTE AUTOMOBILE“ * REICHSRAT: DEBATTE ÜBER DIE ERBÄRMLICHE LAGE DER SLOWENEN IN KÄRNTEN * FRIEDLICH ENTSCHLUMMERT: TOD DER FÜRSTIN OETTINGEN-WALLERSTEIN * FÜRSORGLICH: ERZHERZOGIN MARIA JOSEFA BESUCHT DAS K.K. ZIVIL-MÄDCHENPENSIONAT, JOSEFSTÄDTERSTRASSE 39, WIEN 8

Der Rechtsnachfolger der Österreichisch-ungarischen Bank, die österreichische Nationalbank, bezog den Neubau am Otto-Wagner-Platz 1924.

Statten Sie der Österreichisch-ungarische Bank (Osztrák-magyar bank) einen Besuch ab. Die Zentrale ist wegen Platzmangels auf mehrere Gebäude verteilt: Freyung 1, Herrengasse 14 und 17, Landhausgasse 2 und Bankgasse 3, alle im ersten Gemeindebezirk. Der Anlass: Die Notenbank der Doppelmonarchie gibt am heutigen Tag die Banknote zu 20 Kronen mit dem Datum 2. Jänner 1907 heraus. Gleichzeitig gelangt eine neu gestaltete 10-Kronen-Note in Umlauf, da die alte gerne und häufig gefälscht wird.

Die öffentliche Meinung über das verbesserte Zahlungsmittel: Man ist verärgert. Einerseits lassen die Scheine in punkto Ästhetik zu wünschen übrig (zu bunt), zweitens – und da geht es um den Stolz der Österreicher – ist der heimische Reichsadler auf der Vorderseite viel kleiner dargestellt als das ungarische Wappen auf der Rückseite. „Bei Ausländern könnte der Eindruck entstehen, dass Österreich ein Vasallenstaat der Magyaren sei“, schreibt die nationalistisch angehauchte Reichspost erbost.

Kronen und Heller sind seit 1892 gültig. Zusätzlich wird die alte Währung – Gulden und Kreuzer – verwendet, wobei 1 Gulden dem Wert von 2 Kronen entspricht. Das bietet unseriösen Geschäftsleuten die Möglichkeit, Kunden zu täuschen, indem sie Guldenpreise ausschreiben (ohne Angabe der Währung), womit die Produkte um die Hälfte günstiger scheinen als sie sind. Ab 1. Juli soll sich das aber ändern: Wer Waren in der alten Währung anpreist, wird bestraft.

Ob Kronen oder Gulden – wichtigste Aufgabe ist es, überhaupt in den Besitz von Geld zu kommen. Neben den illegalen Beschaffungsmethoden wie Betrug und Raub – groß in Mode sind Scheckfälscher und Einbrecher, die bevorzugt die verwaisten Wohnungen der Sommerfrischler aufsuchen – sind es vor allem zwei Wege, die zum Ziel führen: Glück und Arbeit.

Im März 1908 fand Leopold Seidl, Eigentümer der „Bade- und Schuranstalt für Hunde", Magdalenenstraße 30 im 6. Bezirk, im Kasten, den er aus einer Verlassenschaft erstanden hatte, zwei Sparkassenbücher mit insgesamt 17.500 Kronen (ca. 55.000 Euro). Nachforschungen ergaben, dass der Besitzer Diener war und keine Verwandten hatte. Statt den üblichen 10 Prozent Finderlohn bekam Leopold Seidl nur ein paar Hundert Kronen, da die Sparbücher Losungsworte hatten.

Die Chance, in den Besitz eines Schatzes zu kommen, ist verschwindend gering, kaum höher ist die Wahrscheinlichkeit eines Lottogewinns. Die erste Lotterie wurde unter der Regierung von Kaiserin Maria Theresia eingeführt. Die erste Reaktion des Volks war ernüchternd, da es beim Adel und in der Armee als unehrenhaft galt, im Lotto zu spielen. Und die arbeitende Bevölkerung wollte das ohnehin nur karge Einkommen nicht verzocken.

Erst als die Banken in das Geschäft einstiegen und Gerüchte von märchenhaften Gewinnen streuten, kam es zum Hype und damit zur professionellen Wahrsagerei inklusive gefinkelter Sterndeuterei. 1774 wurden auf den Straßen der Stadt Flugblätter verteilt, die folgenden Titel trugen: „Fürtreffliche, geheimnisvolle Rechenpraktiken zur Auffindung von Nummern der Lottokunst nebst Vormerk- und Anweisung zur glorreichen Entdeckung der Glückswurzel." Ob dieses Werk jemandem

Theater-Tipp: „Der böse Geist Lumpazivagabundus oder Das liederliche Kleeblatt“ von Johann Nestroy. Hier spielt das Los mit der Nummer 7359 eine entscheidende Rolle.

zu Reichtum verhalf, ist nicht bekannt. Eines ist sicher: Seitdem das Lottospiel in der Hand des Staates ist, gibt es bei jeder Ziehung garantiert einen Gewinner – das Finanzamt.

Wenn Sie also die sogenannte Deppensteuer abführen und im Lotto spielen wollen, bieten sich 1908 zahlreiche Möglichkeiten. Ziehungen sind jeweils am 1. und 15. jeden Monats. Am 1. Juni werden beispielsweise die Gewinner der „Türken-Lose“ und „1864er Staats-Lose“ ermittelt. Ein Türken-Los bekommen Sie zum Tageskurs – die sogenannten Lotterie-Effekte sind nämlich an der Wiener Börse notiert – oder gegen monatliche Teilzahlung à 10 Kronen (ca. 30 Euro). Der größte Gewinn beträgt 290.000 (ca. 900.000 Euro), der kleinste 390 Kronen.

Die sicherste, aber auch deprimierendste Methode, um an Geld zu kommen, ist die Ausübung permanenter Arbeit – vorausgesetzt, man findet eine. Seit 10 Jahren ist das „städtische Arbeits- und Vermittlungsamt“ im Dienst. Die Zentrale befindet sich an der Adresse Neubaugürtel 38 in Wien 7. Zuckerbäcker werden in der Florianigasse 13 (Wien 8), Fleischhauer in der Viehmarktgasse 1 (Wien 3) vermittelt. Im Jahr 1908 suchen in den Ämtern 62.000 Männer und 112.000 Frauen Arbeit, von denen zirka 80 Prozent jeweils eine Stelle bekommen. Berufe mit der größten Fluktuation sind Kleidermacher und Tischler. Vermittelt werden Menschen zudem durch die gewerblichen Genossenschaften und Vereine, wie die „Gesellschaft der Töchter der göttlichen Liebe“ (Marienanstalt, Fasangasse 4 im 3. Bezirk), die im Laufe des Jahres immerhin über 2.300 sittsame Mädchen unterbringen kann.

Web-Tipp: www.marienanstalt.at. Die Marienanstalt, heute Handelsakademie und Handelsschule, ist Teil des Schulzentrums Sacrè Coeur Rennweg.

Nicht zu vergessen die Kleinanzeigen in den Tageszeitungen: „Mädchen für Alles, welches kocht, wird aufgenommen und nach Ischl mitgenommen. Tramwayfahrt wird vergütet", steht etwa in der Neuen Freien Presse. „Bürodiener: Nüchterner, anständiger Mann, verheiratet, mit schöner Handschrift gesucht" ist gerade in der Reichspost ausgeschrieben.

Wenn Sie nicht wissen, welchen Beruf Sie zur Monarchiezeit ausüben sollen, dann nehmen Sie den Tagesablauf der Stadt als Orientierung. 6 Uhr in der Früh gilt als Startschuss, in den Vorstädten meist schon früher. Der Hausmeister sperrt das Tor auf, die Milch kommt ins Haus, außerdem öffnen um 6 die ersten

Trafiken und Volkskaffeehäuser, um nicht die Leute zu versäumen, die bereits zur Arbeit gehen. Um 7 Uhr fangen alle Gewerbebetriebe an. Der Chef ist meist als erster da, nur Direktoren und ein paar Prokuristen kommen erst um 9 ins Geschäft. Um 8 Uhr starten die Schulen und Ämter. Die höheren Beamten lassen sich Zeit und trudeln ein halbe Stunde später ein. Da sie später anfangen, haben sie natürlich das Recht, früher Schluss zu machen: Mittags wird zu Hause gegessen, dann eine halbe Stunde im Liegen geruht, um gegen 3 Uhr ins Kaffeehaus zu gehen. Kurz: Man reißt sich im Amt keinesfalls einen Haxen aus.

Erliegen Sie jedoch nicht dem Glauben, als Beamter das große Los gezogen zu haben. Staatsdiener sind in der Regel schlecht bezahlt. Ein Kanzleiassistent (unterste Beamtenrangklasse) verdient im Jahr 2.000 Kronen (ca. 6.000 Euro). Davon gehen durchschnittlich 800 Kronen für die 40 Quadratmeter große Wohnung auf, 1.200 für die Nahrung der dreiköpfigen Familie. Damit ist das Geld auch schon weg. Auch höhere Beamte bewegen sich stets am Rande der Verschuldung, da man von ihnen erwartet, sich ihrem Rang entsprechend zu präsentieren: eine große Wohnung mit Dienstpersonal gehören zur Standardausrüstung eines Finanz- oder Oberbaurates.

Noch schlechter geht es Arbeitern. Als Steinträger verdienen Sie zwischen 4 und 6 Kronen (12 und 18 Euro) am Tag – und das bei einer Arbeitszeit von 12 Stunden. Hilfsarbeiter kommen auf einen Jahreslohn von zirka 1.000 Kronen (3.000 Euro). Der einzige Trost: Wer weniger als 1.200 Kronen verdient, zahlt keine Einkommenssteuer. Wer drüber ist, muss maximal drei Prozent seines Lohns abführen. Der Staat holt sich das Geld vor allem über Verbrauchersteuern.

Bedeutend leichter als der Erwerb des Geldes ist die Vernichtung desselben. Wien des Jahres 1908 kommt zwar nicht an das Konsumparadies Paris heran, ist aber gut genug, um schnell die Taschen zu leeren. Der Gewerbekataster weist in Wien rund 125.000 Betriebe aus – da ist für jeden etwas dabei. Einkaufszentren der Stadt sind der erste Bezirk und die Mariahilfer Straße. In den feinen, aber leicht angestaubten Geschäften der Innenstadt bedienen Sie vor allem ältliche Mädchen mit hochgeschlossenen dunklen Kleidern und glatten Frisuren. Hinten im Geschäft hängt ein Marienbild mit einem Ewigen Licht und den allseits beliebten Kunstblumen darunter.

Im Jahre 2006 waren in Wien laut Wirtschaftskammer knapp 37.000 Betriebe gelistet.

Anders die Mariahilfer Straße. Hier blenden Glanz und Glamour der luxuriösen Warenhäuser das Auge, allen voran Gerngroß, Herzmanzky und Stefan Esders „große Fabrik" auf Nummer 18. Der Gerngroß wurde vor vier Jahren wieder einmal erweitert: Er besticht durch eine moderne Metall-Glas-Fassade, innen prangt eine zweiarmige Freitreppe, die unter einem farbigen Glasdach liegt. 350 Bogen- und 2.100 Glühlampen lassen die Verkaufsflächen erstrahlen: Satin in den Farben von Quellwasser, die leichten Seiden, durchsichtig wie Kristall, nilgrün, donaublau. Dann kräftigere Gewebe, Satin Duchesse, warme Farbtöne, die in Wogen dahinrollen. Unter ihnen Damaste, Brokate, die Perlseiden und die mit Metallfäden durchwirkten, inmitten eines tiefen Bettes aus Samt aller Sorten, schwarz, weiß, far-

Anstelle von Herzmansky macht heute der deutsche Bekleidungsspezialist Peek & Cloppenburg Geschäfte, und im Gebäude von Esders residiert seit 1964 das Möbelhaus Leiner.

big, solche mit eingepresstem Muster auf einem Grund von Seide und Atlas...

Bei Gerngroß soll jedoch nicht nur die wohlhabende Klientel angesprochen werden. Mit speziellen Aktionen versucht man auch Finanzschwächere anzulocken. Es laufen gerade die „Kinder-Tage“, an denen entsprechende Kleidungsstücke stark verbilligt abgegeben werden. Ein Paar Kinderstrapazschuhe (mit genagelter Sohle) bekommen Sie schon ab 3 Kronen (9 Euro). Eine echte Rehleder-Knaben-Steirer-Hose gibt es von 11 Kronen (33 Euro) aufwärts – Sommerschlussverkauf à la 1908.

Auch das Prinzip der Kundenbindung ist in Wien schon bestens bekannt. Wer zum Beispiel bis Ende Juli bei seinem Kaufmann zehn Schleifen von 1/2-Kilogramm-Ceres-Speisefett abliefert, bekommt ein Stück feinste Blumenseife Nr. 650 geschenkt. Hand aufs Herz: Kann man zu so einem Angebot einfach Nein sagen?

„I geh' solid"

Sie sind im Wien des Jahres 1908 auf der Suche nach der wahren Liebe? Wenn ja, dann machen Sie sich auf etwas gefasst.

23. JUNI: WETTER

IN DER FRÜH 19 GRAD, HEISS

TAGES-CHRONIK

PARLAMENT: FORTSETZUNG DER BUDGETDEBATTE ⋆ BLUTBAD: GLASSCHLEIFER KARL PANGERL, SCHRÖTTERGASSE NR. 42 IN WIEN 10, DURCHTRENNT DIE KEHLEN VON FRAU UND TOCHTER, DANN SEINE EIGENE ⋆ IN UNIFORM: KAISER STATTET HERZOG PHILIPP UND HERZOGIN MARIA DOROTHEA VON ORLEANS BESUCH IM HOTEL IMPERIAL AB ⋆ BESTANDEN: ERZHERZOG MAX LEGT AM SCHOTTENGYMNASIUM SEMESTRALPRÜFUNG MIT ERFOLG AB

Der Schwurgerichtssaal im k.k. Landesgericht in Strafsachen, Landesgerichtsstraße 21 im 8. Bezirk. Auf der Anklagebank der 30-jährige Tischlergehilfe Karl Settka. Ein Häufchen Elend. Dieser einfache Mann aus dem Volke wird beschuldigt, seine 13-jährige Stieftochter zu Unsittlichkeiten verführt und Mutter und Tochter am Leben bedroht zu haben. Darauf der Angeklagte mit säuselnder Stimme: „Ich hab' mit dem Mädchen Beziehungen unterhalten, damit sie brav bleibt und nicht den Verkehr mit anderen Männern sucht", sagt er sinngemäß zu seiner Verteidigung. Der Vorsitzende, Landesgerichtsrat Dr. Ernst Dostal, überhört einfach Settkas wirre Argumente und spricht ihn des Verbrechens der Notzucht, der öffentlichen Unsittlichkeit sowie der Verführung schuldig. Die Strafe: Zwei Jahre schwerer Kerker. Die Verhandlung ist geschlossen. Hammer.

Kein großer Fall, kein Einzelfall. Die Tageszeitungen sind voll von derartigen Berichten. Man schiebt für gewöhnlich die Schuld auf des Täters „moral insanity", ein in medizinischen Fachkreisen gern verwendeter Begriff, und auf die überaus beengten Wohnverhältnisse. Platznot bringt diverse Familienmitglieder und wechselnde Untermieter nicht selten im selben Bett zusammen.

100 Jahre später sind es in Wien über 8.000 Eheschließungen und 6.500 Scheidungen.

Anders beim Wiener Bürgertum. Hier ist die Welt, Gott sei tausend Male Dank, noch in bester Ordnung. Allein die Ehe-Statistik von 1908 spricht Bände, sie stellt der katholischen Bevölkerung eine hervorragende Reputation aus: 18.453 Hochzeiten stehen 0 (in Worten: Null) gänzlichen Trennungen gegenüber. Und nur 130 Scheidungen von Tisch und Bett.

Kein Wunder, ist doch der katholische Bund der Ehe vor Gott, dem Allmächtigen, geschlossen. Positiv wirkt sich auch die Tatsache aus, dass der junge Mensch in der Regel bestens vorbereitet in die Partnerschaft geht. In der Familie spricht man zwar nicht über Intimes – ganz ausgeschlossen, in den Buchgeschäften wimmelt es dafür von Ratgebern, die selbst ein Jugendlicher erwerben darf. „Das Geschlechtsleben und seine Verirrungen. Was junge Leute davon wissen sollten und Eheleute wissen müssten" von Franz Schönenberger ist ein gern gekaufter Titel. Um den richtigen Partner zu finden, rät der Autor auf Seite 148, sich an das Tierreich zu halten, wo die Veredelung der Rasse ganz oben steht: „Daher gilt auch beim Menschen das Gesetz der Zuchtwahl!" Bei Verheirateten ist eiserne Disziplin das beste Mittel: „Der Geschlechtsverkehr vollzieht sich unter starker Erregung des Nervensystems. Dabei erfolgt ein Ausgleich elektrischer und magnetischer Strömungen zwischen beiden Körpern. Passiert er zu oft, kann es hier allmählich zu einer Zerrüttung des Nervensystems kommen." Die Folgen: „halbseitige Kopfschmerzen, Herzerweiterung und Blutarmut". Soweit Schönenberger – seines Zeichens Professor an der Universität in Berlin – und seine Ideen zur Stärkung der „Volkshygiene".

Ein weiterer Grund, warum derart viele katholische Ehen lebenslänglich halten, ist, dass einer Scheidung nur in den allerseltesten Fällen stattgegeben wird. Als Ausweg wählen Ehe-müde Schäfchen daher den heimtückischen Gattenmord (selten weil riskant), den Konfessionswechsel (selten weil unbeliebt) oder die Annahme einer anderen Staatsbürgerschaft (oft weil einfach). Beliebtestes Asyl für Flüchtlinge in Sachen Liebe ist Ungarn, das schon seit 1894 die standesamtliche Trauung kennt und damit die Trennung erst ermöglicht.

So weit muss es ja nicht kommen. Als bürgerlicher Mann stehen Ihnen zahlreiche Möglichkeiten der Betätigung jenseits des Ehebetts zur Verfügung. Liebschaften des Mannes – ausschließlich des Mannes – werden gesellschaftlich nicht nur geduldet, sie gehören in manchen Kreisen einfach zum guten Ton.

Ganz oben auf der Beliebtheitsskala außerehelichen Verkehrs steht das süße Mädel, ein Begriff, den der Schriftsteller und unermüdliche Erforscher der weiblichen Seele, Arthur Schnitzler, zu Weltruhm bringen wird. Süßes Mädel? Eine aus der Vorstadt. Eine fesche Wienerin halt, eine Näherin oder das kleine Fräulein von der Post? Charmantes Ding! Das erste Treffen findet ohne das ganze Vorgeplänkel gleich im Separèe statt, Hotel Sacher, diskrete Bedienung. Hier der Champagner – der billige sollt' reichen – dort die Fanny. Oder heißt's am End' gar Mizzi?

Anders ist es bei gewissen Schauspielerinnen und Tänzerinnen, so lehrt die Erfahrung. Hier betritt man den Bereich der Demimonde, eine Welt, die man nur im Zwielicht findet, im Glanz des Verborgenen, in den Theatern und Nachtlokalen der dunklen Stadt. Da trifft man Frauen, nach denen man sich augenblicklich verzehrt, jedoch nicht kaufen kann. Dafür reich beschenken. Das sind Frauen, die einen bettelnd vor der Türe warten lassen, bis das Geld ausgeht. Allerdings ist zu bedenken, dass die Halbwelt in Wien im internationalen

Vergleich eher schwächelt, finanziell gesehen. Denn der typische Wiener gibt sich auch bei Geschenken eher zurückhaltend: „Wahre Liebe kost' nix!"

Falls Ihnen so eine wahre Liebe aus der Vorstadt begegnet, vielleicht beim verträumten Spaziergang über die Praterallee, dann vergessen Sie nicht auf den Partnerschutz. Das Angebot der von Fachleuten entwickelten, industriell gefertigten und an hunderten Personen getesteten Verhütungsmittel ist umfangreich: Seidengummi mit zwei Jahre Garantie ab 4 Kronen (12 Euro) bei Appel, Josefstädterstraße 69 im 8. Bezirk. Amerikanischen Gummi, garantiert unzerreißbar, versendet S. Getreuer diskret per Nachname. Original Pariser und Fischblasen zu 6 Kronen hat die Drogerie Linka & Rosola in Brünn auf Lager.

Besuchs-Tipp: Museum für Verhütung und Schwangerschaftsabbruch, Mariahilfer Gürtel 37, Wien 15 (www.muvs.at).

Absoluter Platzhirsch im Bereich Genitalhygiene ist der Schleifer Carl, der Gummikönig, Stephansplatz 2 in Wien 1. Der führt alles. Sparsamen Kunden, zum Beispiel, bietet er ein Gestell an „zum bequemen Trocknen und Aufrollen für Präservativs, welche oft gebraucht werden".

Auch für die forschende Jugend haben Apotheken und Drogerien geeignete Instrumente im Sortiment. Diese erfüllen als einzige Aufgabe, den schlimmsten aller Dämonen des Kinderzimmers fernzuhalten: die Onanie, bekannt auch als „Selbstmissbrauch" oder „Selbstbefleckung". Der diskrete Apotheker kann Ihnen traditionelle Hilfsmittel bis zu modernsten Apparaturen besorgen, welche die verderblichen Triebe im Keim ersticken sollen, etwa Bandagen aus Gummi (für Knaben 40, für Männer 60 Kronen), Pollutionsringe (mit Stellschraube, 5 Kronen) oder ein „Genitalkasten“, der bei erwachenden Gefühlen Klingelalarm auslöst.

Sie finden das übertrieben? Bedenken Sie, dass die Folgen der Masturbation in der Fachliteratur als grauenvoll beschrieben werden: „Nervöses Zucken, ständig kalte Hände und Füße, Schmerzen im Rücken, Flimmern vor den Augen, Ohrensausen, saures Aufstoßen, dauernde Verstopfung, Hämorrhoiden.“ In hoffnungslosen Fällen kommt es zu „Epilepsie, Gedächtnisschwund oder gar Irrsinn.“ Die Medizin ist machtlos. „Von einem fortgeschrittenen Stadium der Masturbationswut an kann der Arzt nur mehr wenig tun, um das Leben des Patienten zu retten“, schreibt ein verzweifelter Mediziner in sein Tagebuch.

Buch-Tipp: Anna Ehrlich: Auf den Spuren der Josefine Mutzenbacher. Eine Sittengeschichte von den Römern bis ins 20. Jahrhundert (Amalthena 2005).

Wenn alle Kontrollmechanismen versagen und der junge Mensch dem Ruf der Natur erliegt, kommt es für gewöhnlich irgendwann zur Entjungferung. Das gilt jedoch nur für Knaben, denn junge Frauen, so die traditionelle Meinung, haben gefälligst bis zur Hochzeitsnacht zu warten. Da wundert es nicht, dass bloß 4 Prozent der männlichen Halbwüchsigen das erste Mal mit einem etwa gleichaltrigen Mädchen erleben. 17 Prozent werden vom Dienstmädchen in die Liebe eingeführt. Was nicht so einfach ist, denn die Herrschaften beaufsichtigen die Dienstleute und die Dienstleute die Herrschaften, und alle zusammen beaufsichtigt der Hausmeister. Daher verlässt die überwiegende Mehrheit das Elternhaus, um endlich das wahre Leben kennen zu lernen. Mit dem Geld vom Papa.

„Die Gehsteige sind derart durchsprenkelt mit käuflichen Frauen, dass es schwerer ist, ihnen auszuweichen, als sie zu finden", beschreibt etwa Stefan Zweig die Prostitution in Wien. Diese stellt sich dem noch unbedarften Kunden in spe folgendermaßen dar: „I geh' auf's Büchl" bedeutet, dass die Dame polizeilich registriert ist – mit zwei gynäkologischen Untersuchungen die Woche. „I geh' solid", soll heißen, dass sie keinen „Deckel" hat und damit zur großen Gruppe der Geheimprostituierten gehört, also ohne Untersuchungen durch die Polizeiärzte.

Eine weitere Einteilung betrifft den Arbeitsplatz. Ganze sieben „geschlossene Häuser" wie etwa das Bordell der Marie Wolkenstein in der Färbergasse 3, 1. Bezirk, kann Wien des Jahres 1908 aufweisen. Enttäuschend für das kulturelle Zentrum der Monarchie. Der Rest findet seine Kunden auf der Straße, beispielsweise im Prater, am Spittelberg oder auf der Kärntnerstraße. „Geh, Bubi, komm mit!"

Schließlich wird in der Behandlung der Prostitution nach besonderen Merkmalen unterschieden: Während die Spitznamen „die Oberösterreicherin" oder „Kroaten-Lisl" die Herkunft bezeichnen, weisen „Scheanglade Spitalerin" oder „Blade Marie" eher auf körperliche Besonderheiten hin.

Wer es vorzieht, von der Liebe zu träumen statt eine blasse Kopie davon käuflich zu erstehen, holt sich Stoff im nie enden wollenden Fundus der Pornografie. Am unauffälligsten ist Einschlägiges in Form von künstlerisch anspruchsvoll gestalteten Büchern. „Weibliche Schönheit. Kritische Betrachtung über die Darstellung des Nackten in Malerei und Photographie. Mit Aktstudien von Professor Hermann Ludwig“ mit zahlreichen Details.

Alternativ dazu gibt es die Bilder besagten Buches sowie geschickt photografierte Studien zu den vielfältigsten Möglichkeiten menschlicher Paarung als Einzelprodukte beim Heurigen. Den Besitzer wechseln sie unter der Bank. Männer des Fortschritts gehen hingegen selbstbewusst ins Kino und genießen dort die sogenannten Herrenabende.

Pornokinos des Jahres 1908 siehe 75.

Die größte Breitenwirkung haben erotische Romane. Im berühmtesten Buch dieses Genre, das seit zwei Jahren unter der Hand kursiert, geht es um ein Mädchen, das seine ersten sexuellen Erfahrungen im Alter von 5 Jahren macht. Am Ende der Geschichte ist es 14 und hat bereits alles gesehen und erlebt. Der kinderpornografische Roman gehört auch 100 Jahre später zu den erotischen Bestsellern: „Josefine Mutzenbacher. Die Geschichte einer Wienerischen Dirne. Von ihr selbst erzählt“. Zeitgenossen schreiben die Autorenschaft den gutbürgerlichen Autoren Felix Salten oder Arthur Schnitzler zu, wobei nur letzterer dementiert. Salten schweigt – um 15 Jahre später die Welt umso lauter mit seinem Meisterwerk zu beglücken: „Bambi, ein Leben im Walde“.

Felix Salten (1869-1945), österreichisch-ungarischer Schriftsteller.

VERKEHR & STRASSENLEBEN

„Der Mensch fängt an, wenn er ein Automobil hat“

Wien von 1908 ist stolz auf Europas bestes Verkehrsnetz. Und Sie können froh sein, wenn Sie es schaffen, die Straße ohne Unfall zu überqueren.

24. JUNI: WETTER

WARM, LEICHT BEWÖLKT

TAGES-CHRONIK

VERABSCHIEDUNG: EINSEGNUNG DER AM MONTAG VERSTORBENEN FÜRSTIN OETTINGEN-WALLERSTEIN IN DER KIRCHE AM RENNWEG * TUMULT IM REICHSRAT: DER ABGEORDNETE MALIK NENNT KOLLEGEN EINEN AFFEN * UNTERSCHENKEL ZERMALMT: KONDUKTEUR MARTIN GIESSER STÜRZT AUF DER SPEISINGERSTRASSE VON EINEM FAHRENDEN DAMPF-TRAMWAYZUG

Besuchs-Tipp: Das Wiener Straßenbahnmuseum, 3. Bezirk, Ludwig-Koeßler-Platz, zeigt die gesamte Palette der elektrisch betriebenen Straßenbahn- und Stadtbahnwagen aus den Jahren 1901 bis 1969.

Stellen Sie sich um 10 Uhr 43 auf den Ring nahe dem Burgtor in sicherem Abstand zur Fahrbahn. Sie sehen einen mit Steinen beladenen Pferdewagen auf sich zukommen. Dahinter das zweisitzige Automobil mit der Nummer A 172 in schneller Fahrt. Von der anderen Seite nähert sich der Motorwagen Nr. 256 der städtischen Straßenbahn. Um 10 Uhr 45 passiert das Unvermeidliche. In dem Moment, als das Automobil überholen will, biegt der von massigen Tieren gezogene Schwertransporter abrupt ab, das Auto kann ausweichen, kracht aber in die Straßenbahn. Die Folgen: Das rechte Vorderrad und die Pneumatik des Hinterrades sind beschädigt. Der Chauffeur namens Hermann Beit hält sich den Daumen der rechten Hand. Keine Angst, er wird überleben.

Sie waren gerade Zeuge einer typischen Straßenszene: Öffentlicher Verkehr trifft auf privaten, das gute, alte Wien kollidiert mit den PS-starken Errungenschaften des 20. Jahrhunderts. Allein im Jahr 1908 werden in Wien 80 Menschen überfahren. Da heißt es höllisch aufpassen.

Wenn Sie sich relativ sicher in Wien über größere Strecken bewegen wollen, sollten Sie die Straßenbahn nehmen, im Volksmund auch Tramway oder Elektrische genannt. Die Stadt besitzt dank Bürgermeister Dr. Karl Lueger das bestausgebaute Netz Europas, seit 1907 besteht ein gut durchdachtes System. Die Rundlinien tragen die Nummern 1 bis 20, die Radiallinien, die aus der Innenstadt führen, die Nummern 21 bis 82. Durchgangslinien, die erstere verbinden, sind mit Buchstaben versehen (A bis Z). Sonderfälle sind jene Linien, die den Zusatz K für „Kai“ bzw. R für „Ring“ führen.

Von den Durchgangslinien existieren heute nur mehr D, J, N und O.

9821

Weniger durchsichtig ist das Tarifsystem: Die Linien sind in Tarifgebiete, Zonen- und Sektorengrenzen unterteilt, weiters gibt es Aufzahlungsstrecken. Wenn Sie einmal umsteigen wollen, kostet der Fahrschein 12 Heller, wenn Sie z.B. mehr als zwei Teilstrecken innerhalb der Zonengrenze 4/5 befahren: 20 Heller (ca. 60 Cent). Den gleichen Betrag zahlen Sie an Sonn- und Feiertagen. Am besten, Sie fragen den Schaffner. Günstig ist das Vergnügen, mit der Straßenbahn zu fahren, jedenfalls nicht. Dafür genießen Sie den Luxus, im Waggon rauchen zu dürfen.

So sicher die Straßenbahnen auch scheinen, sie verursachen im Laufe des Jahres über 900 Unfälle bei 238 Millionen beförderten Personen, fast 1.000 Menschen werden verletzt oder getötet. Hauptschuldige sind Fahrer, die die Gleise als Rennstrecke missbrauchen. Entweder gibt es Zusammenstöße mit anderen Verkehrsteilnehmern oder Fahrgäste werden in den Kurven von den offenen Plattformen geschleudert. Halten Sie sich also fest!

Wesentlich gemütlicher geht es bei der Stadtbahn zu. Sie war bereits bei der Eröffnung vor 10 Jahren völlig veraltet. Statt auf Elektrizität zu setzen, entschloss man sich, mit Dampf durch die Stadt zu rollen. Die Folgen: niedrige Geschwindigkeit, große Intervalle – bei der Vororteline müssen Sie bis zu 45 Minuten warten – und eine gewaltige Rauchentwicklung, so dass der Unmut der Fahrgäste und Anrainer niemals verstummt.

Eine interessante Alternative zu Straßen- oder Stadtbahn ist die U-Bahn. Zwar wird sie erst in 60 Jahren gebaut werden, ist aber bereits seit den 1840er-

Jahren Gegenstand heißer Diskussionen. Allein bis 1873 lagen der Gemeinde 25 Pläne vor, die allesamt in den behördlichen Mistkübel wanderten. 1908 unternimmt man erneut Anlauf, um den ersten Bezirk unterirdisch mit den anderen Bezirken zu verbinden. Doch der Widerstand bleibt ungebrochen. Beliebte Argumente sind der löchrige Boden und die Gefahr, „den Stephansplatz zusätzlich mit Fahrgästen zu belasten", so die Meinung eines einflussreichen Zivilingenieurs. Daher können Sie nur eine der sechs antiquiert anmutenden Pferdeomnibuslinien nehmen, um im ersten Bezirk nicht zu Fuß gehen zu müssen. Weiters stehen Ihnen stadtweit 2.700 Fiaker und Einspänner zur Verfügung, 27 sind bereits motorisiert – im Beamtendeutsch heißen diese „Automobil-Lohnwagen" und „Auto-Platzfuhrwerke".

Wer etwas auf sich hält, der kauft sich ein eigenes Kraftfahrzeug. „Früher hat man gesagt, der Mensch fängt beim Baron an, heute sagt man, der Mensch fängt an, wenn er ein Automobil hat", so eine typische Redenswendung. Billig ist die Menschwerdung nicht: Bei Fiat Automobile am Parkring 20 im ersten Bezirk kostet ein Wagen mit 18 Horse Power – der Begriff „Pferdestärke" kommt erst später in Mode – 18.000 Kronen (ca. 60.000 Euro). Das Fiat-Modell, Baujahr 1907, besitzt Kardanantrieb, ein amerikanisches Dach und ist blau lackiert. Dazu kommt das passende Outfit: Fahrmantel (48 Kronen), Brillen (4 Kronen) und ein „Parapluie de Chauffeur", der aerodynamische Regenschirm für den dachlosen Fahrer, um 25 Kronen. Alles zu haben bei Jacob Rothberger, Stephansplatz 9.

1905 war ein schwarzes Jahr für Österreichs Automobilisten. Sie sahen die Einführung der behördlichen Prüfung und Genehmigung ihrer Luxusspielzeuge, den Führerscheinzwang und Kennzeichentafeln. Dummerweise lassen sich mit letzterem die Lenker leicht ausforschen. Und das kann jeder machen: In der „Allgemeinen Sportzeitung" vom April 1908 sind die Nummernlisten der Automobile von Wien und Niederösterreich erhältlich – inklusive Namen und Adressen der Besitzer.

Die schlimmste Neuerung ist die erlaubte Höchstgeschwindigkeit von 15 km/h, während Pferdegespanne mit maximal 30 km/h durch die Gegend brausen dürfen. Doch wie der Mensch eben so ist, um Geschwindigkeitsbeschränkungen scheren sich auch 1908 nur die wenigsten. So wird gerade in den heimischen Zeitungen die Frage diskutiert, wie den Autorasern beizukommen sei. Der Gedankenaustausch in den Medien kommt nicht zu früh, denn die 200-Stundenkilometer-Schallmauer wird bereits ein Jahr später von dem 200 PS starken „Blitzen Benz" durchbrochen.

Die Erkennungsbuchstaben der Automobile: A = Polizeirayon Wien, B = Niederösterreich, C = Oberösterreich … O = Böhmen, P = Mähren usw.

Als mögliches Vorbild dient die New Yorker Polizei, die sich im Besitz einer raffinierten Methode wähnt. Zwei mit Chronometer und Drahtseil ausgerüstete Schutzleute warten an einer Kreuzung. Legt ein Auto die

Strecke zwischen zwei Häuserblöcken in verdächtig kurzer Zeit zurück, läuft ein Polizist mit dem soliden Strick zur gegenüberliegenden Straßenseite. Der Chauffeur ist somit gezwungen, vor dem gespannten Seil zu halten. Oder er riskiert schwere Halsverletzungen. Der Protest der Automobilisten gegen dieses gefahrvolle Mittel – eine Radarfalle mit sofortiger Bestrafung des Lenkers quasi – ist vergebens.

Trotz der behördlichen Maßnahmen bleibt der Verkehr in Wien chaotisch. Nicht nur die ständige Gefahr, überfahren oder von Pferden tot getrampelt zu werden, schlägt sich schwer aufs Gemüt. Auch der Lärm ist eine Quelle täglichen Ärgernisses. Wagengerassel, Läuten, Pfeifen, Hundegebell, das Geschrei der Straßenhändler: „Kaafts Lavendel, zwaa Heller an' Buschen!"

Nicht zu vergessen das ewige Glockengebimmel. Wiens Kirchen mahnen ihre Schäfchen wesentlich häufiger als im Jahr 2008: morgens, mittags und abends, dazu kommen besondere Anlässe wie Geburt, Taufe, Hochzeit oder Begräbnis – und Gott bewahre vor den zahlreichen kirchlichen Feiertagen.

Der größte Lärmproduzent sind jedoch die schlechten Straßen. 1908 sind kaum mehr als die Hälfte der Fahrbahnen Wiens gepflastert, und selbst dann handelt es sich meist um das holprige Kopfsteinpflaster. Geräuschschluckender Asphalt- oder so genannter Holzstöckel-Belag finden sich nur selten. Selbst im mondänen ersten Bezirk sind fast 10 Prozent der Straßen nur geschottert, von den Außenbezirken ganz zu schweigen. So sind Lärm und Staub die ständigen Begleiter des leidgeplagten Wieners.

Hofmannsthal (1874-1929) wohnte von 1901 bis zu seinem Tod im Hofmannsthal-Schlössel, Ketzergasse 471 in Rodaun, das 1908 noch nicht Teil von Wien und ein ruhiges Fleckchen Erde war.

Das Getöse der Straßen ist so gewaltig, dass sich der deutsche Kulturphilosoph Theodor Lessing 1908 gezwungen sieht, den Antilärmverein zu gründen. Vorstand der Ortgruppe Wien ist der hypersensible Schriftsteller Hugo von Hofmannsthal. Der Verein kann sich jedoch nicht durchsetzen, die Forderungen nach menschenwürdiger Stille verebben ungehört.

Die letzte Rettung fürs Ohr sind Wachs-Watte-Kügelchen, die ein Berliner Apotheker ein Jahr zuvor erfunden hat. Er, der mit den Schriftstellern Peter Altenberg und Franz Kafka die größten Anhänger hat, nennt die akustischen Friedensbringer treffend Ohropax.

Bei der öffentlichen Beleuchtung präsentiert sich die Stadt schon fortschrittlicher. Seit 1906 sind alle 10 inneren Bezirke elektrifiziert, nur weiter draußen beherrschen noch die guten, alten Gaslaternen das Straßenbild. Favorisiert werden nicht Glühbirnen, sondern elektrische Bogenlampen, die so stark leuchten, dass die Umgebung wie in gleißendes Tageslicht getaucht erscheint. Hell sind sie ja – Romantik kommt allerdings keine auf, denn die neuartigen Lampen, die einen Lichtbogen erzeugen, verbreiten den Charme eines bläulich-blitzenden Schweißbrenners. Trotzdem plant die Gemeindeverwaltung noch im selben Jahr die tausendste Bogenlampe, die sogenannte „Jubellampe", aufzustellen. Der Ort: der Dr. Karl Lueger-Platz, der sich seit 1907 vor den Toren des Rathauses befindet. Falls Sie die Bogenlampe sehen wollen: Passen Sie beim Überqueren der Ringstraße verdammt auf, denn in Wien herrscht nicht nur Chaos, sondern auch Linksverkehr.

Der Dr. Karl Lueger-Platz war ab 1907 vor dem Rathaus. Erst mit der Aufstellung des Lueger-Denkmals (1926) wanderte er zum heutigen Ort am Stubenring.

KIRCHE & GLAUBENSKRISE

„Der Kirchbauverein Gugging bittet um eine kleine Spende“

Die Habsburgermonarchie ist auf den betonharten Pfeilern der römisch-katholischen Kirche aufgebaut. Allerdings gerät das Fundament im Jahre 1908 gehörig ins Wanken, denn die ganze Welt hat sich mit einem Male gegen die Gemeinschaft der gläubigen Wiener verschworen.

25. JUNI: WETTER

ETWAS KÜHLER ALS GESTERN, KLARER HIMMEL

TAGES-CHRONIK

PARLAMENT: SITZUNG DAUERT BIS 1 UHR 15 IN DER FRÜH. THEMEN SIND BUDGET UND SPRACHKONFLIKTE IN KÄRNTEN * BRAND IN JEDLESEE, FLORIDSDORF: FABRIK FÜR LANDWIRTSCHAFTLICHE MASCHINEN VON PH. MAYFARTH UND KOMP. GEHT IN FLAMMEN AUF. * WEIGLS DREHERPARK: SOMMERLIEDERTAFEL DES GESANGVEREINS ÖSTERREICHISCHER EISENBAHNBEAMTER * ERTRUNKEN: DER 14-JÄHRIGE HILFSARBEITER RICHARD GULER, WOHNHAFT GRUNDSTEINGASSE 15 IN WIEN 16, BEGEHT IN DER ALTEN DONAU SELBSTMORD

In der Währingerstraße 85 befindet sich heute das Café „Wilder Mann".

Im Garten des Restaurants „Wilder Mann" in der Währingerstraße 85 im 18. Bezirk. Hier findet am Abend eine Veranstaltung der sogenannten Los von Rom-Bewegung statt. Im Publikum sind vor allem Studenten. Das Ziel der Aktionisten: Der Austritt aus der römisch-katholischen Kirche – für die Habsburgermonarchie, die den katholischen Glauben auf ihre Fahnen geschrieben hat, natürlich eine bodenlose Unverschämtheit.

Dabei hat das Ganze nur zum Teil mit Religion zu tun. Geprägt wurde die Los von Rom-Parole von einer der wundersamsten Figuren österreichischer Politik, Georg Ritter von Schönerer, den seine Verehrer bewundernd „Charakterfettaug' auf der politischen Bettelsuppe" nennen. Sein einfaches Parteiprogramm lautet „nicht liberal, nicht klerikal, sondern national" und sein Paradies ist Deutschland, mit dem er sich in einem mindestens 1.000 Jahre dauernden Reich verbünden will.

Damit ist auch klar, wer zu seinen Feinden zählt. Österreich-Patrioten sind ihm ebenso ein Dorn im Auge wie die Funktionäre des katholischen Glaubens. Und über allem schwebt der Judenhass: 1885 fügte er seinem „Linzer Programm", dem Grundsatzpapier des österreichischen Deutschnationalismus, einen Arierparagraphen hinzu, der dazu führte, dass Juden die deutschen Burschenschaften verlassen mussten. Unter ihnen der Begründer der heimischen Sozialdemokratie, Viktor Adler, sowie der Schriftsteller Arthur Schnitzler. Auch auf die Zeitungen hat Schönerer einen Grant. 1888 stürmte er wegen einer Falschmeldung die Redaktion des Neuen Wiener Tagblatts und verdrosch die verschreckten Journalisten. Die Folgen: Vier Monate schwerer Kerker und der Verlust des Adeltitels.

1917 drückte Kaiser Karl I. ein Auge zu und gab Schönerer das Adelsprädikat zurück.

Seit etwa 1900 konzentriert Schönerer seine unbändige Kraft in erster Linie auf die Loslösung von der verhassten Religion. „Ohne Juda, ohne Rom wird gebaut Germaniens Dom!", erschallt es bierschwanger in den Wirtshäusern der Stadt. Seine Bemühungen bleiben nicht ohne Lohn: Am heutigen Tag sind es 80 Studenten, die im Restaurant „Wilder Mann" die Übertrittserklärung zur evangelischen Konfession unterzeichnen. Bis 1914 werden es insgesamt 65.000 Österreicher sein, die den gleichen Schritt wagen.

Nicht nur die gottlose Los von Rom-Bewegung macht der heimischen Kirche zu schaffen. 1908 kommt auch noch die Wissenschaft daher und versucht die Jahrhunderte währende Autorität zu untergraben. Der Konflikt begann am 18. Jänner in Innsbruck. Der Kirchenrechtsgelehrte Ludwig Wahrmund hielt an jenem Tag eine Rede, in der er mit scharfer Zunge die Einflussnahme der Kirche in wissenschaftliche Belange verurteilte. Nachdem sein Vortrag unter dem Titel „Katholische Weltanschauung und freie Wissenschaft" auch noch veröffentlicht wurde, brach ein gewaltiger Sturm der Entrüstung los. Zunächst war es die bäuerliche Bevölkerung Tirols, die mit Mistgabeln die Universität stürmte. Dann verlagerte sich der mittlerweile landesweit aufgeblähte Konflikt in die Reihen der Studenten: Katholische gegen Freisinnige, das war Brutalität der übelsten Sorte.

Mehr zu Wiens Bildungswesen: Seite 121

Im Juni 1908, ein halbes Jahr später, sind die Wogen noch immer nicht geglättet, im Gegenteil. Der Streit um den Rechtsgelehrten und seine Ansichten hat sich zur Wahrmund-Affäre ausgeweitet, von der selbst das Kaiserhaus und die Regierung nicht verschont bleiben. Die Universitäten in Wien, Graz und Innsbruck sind seit Wochen wegen Studentenstreiks geschlossen und selbst der Reichsrat beschäftigt sich in jeder Sitzung mit dem leidigen Thema. Nach einem Machtwort des Kaisers wird die Krise elegant gelöst, indem man die publizierte Rede beschlagnahmt und Wahrmund von seiner Stelle in Innsbruck entfernt, um ihn an der deutschen Universität in Prag unterzubringen – Hauptsache, er ist weit weg vom Schuss.

Dann auch noch der Fall Feilbogen vom April. Dr. Siegmund Feilbogen, jüdischen Glaubens und Professor an der Exportakademie (Berggasse 16, Wien 9), soll beim Besuch einer Papstmesse im Vatikan die Hostie ausgespuckt haben. Die christlichen Zeitungen, allen voran die „Reichspost", bringen wochenlang beißende Berichte über das „wahre Gesicht der Juden". Die Folge der hysterischen Hetzkampagne ist, dass Feilbogen aus dem Lehrerverzeichnis der Exportakademie verschwindet, wie die Reichspost mit Genugtuung meldet.

Übrigens: Während des Ersten Weltkriegs wird der aus Wien vertriebene Professor in Zürich das zweisprachige Magazin „International Review" herausgeben. Einer seiner Übersetzer ist ein Schriftsteller aus Irland, kein unbekannter. Es heißt James Joyce.

Theater-Tipp: „Professor Bernhardi" von Arthur Schnitzler. Als Vorbilder für die Figur des Bernhardi standen Ludwig Wahrmund und Siegmund Feilbogen.

Selbst der Kaiser bringt Verunsicherung in die Schar der von Krisen gebeutelten Christen. Er und der Hof haben zum ersten Mal die Teilnahme an der Fronleichnamsprozession zu St. Stefan am 18. Juni abgesagt. Der kolportierte Grund: Dem 78-jährigen Monarchen würde der gewaltige Temperaturunterschied zwischen kühler Kirche und sonniger Straße gesundheitlich nicht bekommen.

Dabei könnte alles so ergreifend sein, gilt doch Fronleichnam als das schönste Fest des Jahres. Es duftet nach frischem Heu, blühenden Akazien und den mit panierten Schnitzeln feiertägig belegten Broten der zahllosen Zaungäste. An der Spitze der Prozession gehen die Waisenknaben. Dahinter, unter dem Baldachin, Weihbischof und Dompropst Dr. Godfried Marschall. Und dann würde der Kaiser kommen, barhaupt, von Alter und Demut gebeugt, mit einer Kerze in seiner rechten Hand, die linke am Säbelknauf, den Generalshut haltend – aber leider.

All diese Beispiele zeigen nur eines: Die katholische Kirche steht unmittelbar vor ihrem Untergang. So sehen es jedenfalls die erzkonservativen Kreise, die zum bedingungslosen Kulturkampf gegen die „freimaurerisch-jüdische Weltverschwörung" aufrufen. Von dieser spricht lange und ausführlich der von schärfstem Antisemitismus beseelte Jesuitenpater Heinrich Abel, der „Männerapostel von Wien", auf den von ihm organisierten Männerwallfahrten nach Mariazell.

Der Friedrich-Engels-Platz im 20. Bezirk hieß zwischen 1934 und 1946 Pater-Abel-Platz, um den „Männerapostel" entsprechend zu würdigen. In Mariazell steht noch heute das Denkmal seiner Hochwürden.

Eine der wichtigsten Maßnahmen zur Rettung des katholischen Abendlandes – neben dem gemeinsamen Gebet – ist der Kirchenbau. Zwar stehen in Wien 336 römisch-katholische Stützpunkte 74 Einrichtungen feindlicher Glaubensrichtungen gegenüber, doch kann es niemals genug sein, wenn es um das Seelenheil der Wiener geht. So kam es am 4. Juni zur Grundsteinlegung der Jubiläumskirche „zur Königin des heiligen Rosenkranzes" in Hetzendorf, Rosenkranzplatz 6. Und nur sechs Tage später wurde die Elisabeth-Gedächtniskapelle der im Bau begriffenen Kaiser-Jubiläumskirche am Erzherzog-Karlplatz in Donaustadt eingeweiht.

Sobald ein religiöses Bollwerk des Glaubens das Licht der Welt erblickt, ist Bürgermeister Karl Lueger zur Stelle, den man neben Dutzend anderen den Ehrentitel „Führer des christlichen Volkes" gegeben hat. Zu Recht, denn er und seine Partei, die Christlichsozialen, zeigen auch in Fragen der Religion unermüdlichen Einsatz. Die Partei rühmt sich, dass – seit sie an der Macht ist – keine Schule ohne Christusbild ist, der gesamte Priesterstand wieder stolz auf die Straße gehen kann und die Kirchen Wiens wieder gefüllt sind – als ob es in Österreich, wo knapp 90 Prozent der Bevölkerung katholischen Glaubens sind, jemals anders gewesen wäre.

Die Kaiser-Jubiläumskirche heißt heute Franz von Assisi-Kirche, die sich am Mexikoplatz befindet, dem ehemaligen Erzherzog-Karl-Platz. „Donaustadt" bezeichnet das Gebiet am rechten Donauufer und hat nichts mit dem 1938 entstandenen Bezirk Donaustadt zu tun.

Dass es aus der Sicht des Klerus zwar wieder aufwärts geht, der Kampf aber noch nicht völlig gewonnen ist, zeigt eine kleine, unauffällige Anzeige in der Reichspost, wo es heißt: „In unserer Zeit, wo Gott verhöhnt und der Glaube an Christus in den Kot gezerrt wird, ist es Ehrenpflicht für seinen Gott und Herren einzutreten. Der Kirchbauverein Gugging bittet daher um eine kleine Spende."

POLITIK & EXTREMISTEN

„Wien darf nicht Jerusalem werden!“

Sie meinen, Politik sei langweilig? Nicht, wenn die Demokratie wie in Wien des Jahres 1908 erst im Entstehen ist und Chaos den politischen Alltag beherrscht.

26. JUNI: WETTER

17 GRAD, BEWÖLKT

TAGES-CHRONIK

ABGEORDNETENHAUS ENDLICH EINIG: STAATSBUDGET BESCHLOSSEN * DER KAISER AUF DEM WEG NACH BAD ISCHL: UM 7:30 VERLÄSST FRANZ JOSEPH WIEN VON DER STATION PENZING AUS UND FÄHRT IM HOFSEPARATZUG DER WESTBAHN IN DIE WOHLVERDIENTE SOMMERFRISCHE * LANGERWARTETE PREMIERE IN VENEDIG IN WIEN: DAS SOMMERTHEATER BRINGT „DAS GLÜCKSCHWEINCHEN“

Heutiges Ziel ist das Parlament am Ring, das während der Monarchie den Namen Reichstagsgebäude trägt. Von Theophil Freiherr von Hansen erbaut, feiert es 1908 das 25-jährige Jubiläum. Es besteht aus zwei Häusern, dem sogenannten Herrenhaus, das in jenem Saal tagt, wo 2008 der Nationalrat seine Arbeit verrichten wird.

Besuchs-Tipp: Das Parlament organisiert Führungen durch die Säle und Geschichte des Hohen Hauses (www.parlinkom.gv.at).

Gehen Sie in den Saal des Abgeordnetenhauses und nehmen auf der oberen der beiden Galerien Platz, die für Besucher vorgesehen ist. Sie blicken in ein erhabenes Halbrund mit einem Durchmesser von 34 Metern. Der Saal ist einem griechischen Theater nachempfunden, hinter dem Präsidium befindet sich eine gewaltige Säulenreihe, deren Gebälk in der Mitte durch einen Giebel gekrönt wird. Unter ihnen die 516 Sitze der Abgeordneten. Damit ist der Reichsrat von 1908 das größte Parlament Europas.

Um Punkt 10 Uhr eröffnet der Präsident des Abgeordnetenhauses, Richard Weiskirchner, die Sitzung. Der 26. Juni ist für die Monarchie ein ganz besonderer Tag. Das Staatsbudget soll heute von jenen Volksvertretern beschlossen werden, die erstmals in der Geschichte Österreichs in einer allgemeinen und freien Wahl ermittelt worden sind. Davor bestand das sogenannte Kurienwahlrecht. Das heißt, dass nur jene Bürger wahlberechtigt waren, die über ein bestimmtes Einkommen verfügten. Seit letztem Jahr dürfen alle zur Urne schreiten, unabhängig von der Steuerleistung. Sie müssen nur österreichischer Staatsbürger und älter als 24 Jahre sein – und männlichen Geschlechts. Denn Frauen werden erst 10 Jahre später, nach Ende der Monarchie, bei Wahlen zugelassen.

Werden Sie nun Zeuge einer denkwürdigen Entscheidung. Es ist nur zu hoffen, dass Sie einen unempfindlichen Magen haben, denn die Geburt des Budgets ist keine leichte.

Im Rahmen der abschließenden Debatte kommt der Sozialdemokrat Ignacy Daszyński, nach dem Ersten Weltkrieg der erste Ministerpräsident Polens, eher unpassend auf einen Vorfall zu sprechen, bei dem ein Jesuitenpater versucht haben soll, ein sterbendes Mädchen zu schänden, dem er eigentlich die letzte Ölung hätte reichen sollen.

Graf Adalbert Sternberg, legendärer Vertreter der Christlichsozialen Partei und im Volksmund kurz „der B'suff" genannt, lässt den Vorwurf, der sich seiner Meinung nach gegen das ganze Christentum richtet, nicht auf sich sitzen. Er nennt Daszyński einen Feigling, der unter dem Schutze der parlamentarischen Immunität Schweinereien verbreite – ein unerhörter Fall von Ehrenbeleidigung, der in der Regel vor Gericht oder im Duell endet.

An diesem Tag, der Geburtsstunde des ersten freien Staatsbudgets, führt der verbale Angriff zu einer Parlamentsschlägerei. Aufgebrachte Sozialdemokraten stürmen in Richtung Graf Sternberg. Dieser ergreift zur Abwehr die schwarze Stehuhr, nach der die Stenografen des Protokolls ihre Schreibzeit zu nehmen pflegen, und schwingt sie über den Köpfen der Angreifer...

Ein Einzelfall in den ehrwürdigen Hallen? Keineswegs. Die Anfänge des Parlamentarismus laufen – wie in fast jedem anderen Land auch – nicht immer gesittet ab. Die Emotionen kochen leicht hoch. Außerdem verleiten ungünstige Rahmenbedingungen des Reichsrats zu massiven Frustrationen. So sind etwa zehn Sprachen zugelassen – neben Deutsch auch Tschechisch oder Italienisch –, aber keine Dolmetscher. Redezeitbeschränkungen sind ebenso wenig vorgesehen. Es kommt nicht selten vor, dass stundenlang Gedichte oder Kochrezepte in Rumänisch oder Polnisch vorgetragen werden, nur um Entscheidungen hinauszuzögern. Der Rekord für eine einzelne Rede liegt bei über 13 Stunden. Und besonders radikale Politiker benutzen gerne Lärmwerkzeuge, wie Kindertrompeten, Ratschen und „nebelhornartige" Instrumente – kurz: Das Parlament in Wien genießt den internationalen Ruf einer kostenlosen Hetz.

Weniger unterhaltsam ist das ideologische Spektrum des Landes, das von extrem links bis zum äußersten rechten Rand alles zu bieten hat. Weit links: Leo Trotzki, der eingefleischte Marxist und russische Revolutionär, wohnt seit 1907 in Wien. Sie können ihn zunächst als Untermieter in einer Villa in Hütteldorf treffen, dann in Sievering, wo seine Söhne im Kindergarten rasch den Wiener Dialekt annehmen. Während Trotzki auf die große Revolution wartet, die erst neun Jahre später im Oktober 1917 stattfinden wird, stellt er im Herzen Wiens die russische Zeitung „Prawda" her.

Trotkzi gab in Wien ab 1908 die Prawda heraus, nicht zu verwechseln mit der gleichnamigen von Lenin herausgegebenen Zeitung, die ab 1912 erschien.

Befreundet ist er mit den führenden Sozialdemokraten, wie etwa Otto Bauer, dem Chefideologen des sogenannten Austromarxismus, Viktor Adler, dem Mitbegründer der Ersten Republik, und Karl Renner, dem ersten Bundespräsidenten der Zweiten. Zunächst lauscht Trotzki gerne den geistreichen Gesprächen der Herren, die sich am liebsten im Café Central versammeln. Schnell aber beschleicht ihn ein ungutes Gefühl, das er viele Jahre später in seiner Autobiographie verewigen wird: Die sind alles, nur keine Revolutionäre. Damit liegt er nicht falsch. Die österreichische Sozialdemokratie setzt sich zwar vehement für die Rechte der arbeitenden Bevölkerung ein, von einem blutigen Umsturz will jedoch niemand etwas wissen.

Noch gemütlicher geht es bei den Christlichsozialen zu, der Vorgängerorganisation der heutigen ÖVP. Unter der eisernen und doch väterlichen Führung Karl Luegers entwickelt sich die Partei schnell zur Heimat der Wirte und Fleischhauer. Doch bei aller Leutseligkeit dürfen Sie nicht vergessen: Die Christlichsozialen und ihre Wähler sehen sich in einem steten Überlebenskampf verstrickt. Die Liste der Feinde ist lang: Industrielle, Intellektuelle, Künstler, Modernisten, Liberale, Freidenker, Sozialdemokraten, Deutschnationale, Tschechen oder Ungarn – der mit Abstand meiste Groll gilt jedoch „dem Juden".

Antisemitismus ist in Wien des Jahres 1908 salonfähig. So haben sich die christlichsozialen Politiker in den Anfängen der Partei selbst „Antisemiten" genannt, ein damals neuer Begriff. Nach dem Namenswechsel wird er nur mehr intern verwendet. Man wähnt sich als „wehrhafter Christ" überall verfolgt, erniedrigt, in die Enge getrieben. Schon 1890 posaunte Lueger seinen Wählern entgegen: „Wien darf nicht Jerusalem werden!"

Selbst im Fremdenverkehr versucht man mit Judenhass zu punkten. Schladming wirbt 1908 damit, dass der lokale „Verschönerungsverein" einstimmig beschlossen hat, Juden keine Zimmer zu vermieten. Die Überschrift des Artikels in der Tageszeitung Reichpost: „Eine antisemitische Sommerfrische".

Wenn Sie im politischen Spektrum einen weiteren Schritt nach rechts gehen, treffen Sie auf jene, die die angebliche Überlegenheit des deutschen Volkes preisen und auf die Unterlegenheit anderer bestehen. So spricht sich die sogenannte Alldeutsche Partei am 5. Juni 1908 im Reichsrat für die Kennzeichnung von missliebigen Mitbewohnern aus, damit sie jederzeit erkennbar sind: „Jeder aufgegriffene Zigeuner könnte beispielsweise am rechten Unterarm eine Ziffer tätowiert erhalten."

Die Theosophie wurde die durch die russische Okkultistin Helena Petrovna Blavatsky (1831–1891) begründet.

Wenn Sie glauben, damit den äußersten rechten Rand Österreichs des Jahres 1908 erreicht zu haben, dann kennen Sie noch nicht die unendlichen Welten des Okkulten. Seit dem 19. Jahrhundert sind alle möglichen Spielarten der Esoterik populär, wie etwa die sogenannte Theosophie inklusive „Rassenlehre" mit Lemuren, Astralen, Atlantier und Arier. Der Wiener Guido List, der unter dem Begriff „Ariosophie" die Theosophie mit völkischen Ideen verbindet, macht sich's leichter und teilt die Menschheit in „Herrenmenschen" und „Herdenmenschen". Um sicher zu stellen, dass man ihn der richtigen Gruppe zuordnet, nimmt er eine Selbstadelung vor und fügt seinem Namen illegalerweise ein „von" bei. Bevorzugtes Forschungsgebiet Lists sind die germanische Geschichte, Mythen, Märchen und Sagen. Sein vielleicht größter Geniestreich ist die Interpretation der Sammlung altnordischer Götter- und Heldenlieder namens Edda. Diesen Namen „entschlüsselt" er, ganz und gar Wienerisch, mit „eh' da", also „ohnehin schon da". Im März 1908 gründeten Anhänger die Guido von

List-Gesellschaft, um die „ario-germanischen Forschungsergebnisse“ zu veröffentlichen. Bekanntestes Mitglied: Wiens Bürgermeister Karl Lueger.

Lists Nachfolger ist Lanz Liebenfels. Ursprünglich Priester trat er im Jahr 1900 wegen „steigender Nervosität“ aus dem Zisterzienserorden des Stiftes Heiligenkreuz aus und gründete den „Neutempler-Orden“, der im Zeichen von Gralsmythos, Männerrecht und dem Ideal der „Rassenreinheit“ steht. Äußeres Zeichen der Geheimgesellschaft ist eine Fahne, die Liebenfels zum ersten Mal am Weihnachtstag 1907 auf seiner Ordensburg Werfenstein im Strudengau hisste. Zentrales Symbol der Fahne: das Hakenkreuz.

1906 veröffentlichte er sein Hauptwerk „Theozoologie oder die Kunde von den Sodoms-Äfflingen und dem Götter-Elektron“. Die Grundaussage: „Das Mann hat das Weib den Sodomsaffen abgerungen, dafür ist es sein Eigentum!“ Falls Sie mehr von einem schwer neurotischen Geist erfahren wollen: Er gibt eine monatlich erscheinende Zeitschrift namens „Ostara – Briefbücherei der Blonden“ heraus. Sie finden sie in jeder besseren Tabaktrafik.

Buch-Tipp: Brigitte Hamann: Hitlers Wien. Lehrjahre eines Diktators (Piper 2007).

Begeisterter Sammler der Ostara ist ein 19-jähriger Oberösterreicher, der seit dem Frühjahr 1908 in der Stumpergasse Nummer 31 im sechsten Gemeindebezirk seinen bescheidenen Wohnsitz hat. Ein paar Jahre später wird er unter dem Jubel hunderttausender Menschen zentrale Ideen von List und Liebenfels in die Tat umsetzen. Sein Name: Adolf Hitler.